나의
이상하고
사랑하는
얼룩

우리를 매료하는 얼굴의 열일곱 가지 이야기

강원

곽민지

구달

김철홍

김택수

김현경

박이선

박철현

서아현

송재은

이보람

이승용

이준식

이택민

정형화

차영남

홍성하

닮은 거는 얼굴들

헤르만 헤세의 소설 <데미안>은 '우리가 보는 세계는 마음을 비추는 거울'이라고 말합니다. 내가 겪는 기쁨과 슬픔, 사랑과 미움이 나로부터 시작한다는 이야기입니다. 얼굴 이야기를 해볼까 합니다. 인간은 죽을 때까지 자기 얼굴을 보지 못합니다. 하지만 타인의 얼굴을 통해, 세계의 경계로써 본인의 얼굴을 인지하게 되지요.

언젠가 문득 저에게 타인의 얼굴이 덕지덕지 묻어있다고 느꼈습니다. 내가 짓는 표정이 나만의 것이 아니라, 누군가에게서 배운 것이라는 확신. 나는 내 얼굴을 볼 수 없어서, 타인의 얼굴에 비친 감정에서 내가 어떤 사람인지 배우고 가늠해 왔던 게 아닐까요.

아마 내가 다른 성격의 다른 삶을 살았더라면 얼굴도 지금과는 다를 것이라는 생각을 합니다. 이 얼굴을 가지고 얼마나 웃었든, 울었든, 햇볕을 쬐고 어떤 사람들에 나를 비추며 살았는지 그 모든 이야기의 합이 오늘의 얼굴일 겁니다.

사람들은 저마다 얼굴을 어떻게 대하며 살아가는지요. 거울을 보며 무슨 생각을 하는지, 그것을 사랑하기가 어렵지는 않은지 궁금합니다. 자신이 상상하는 자화상은 어떤 모습일까요. 얼굴은 저에게 말을 겁니다. 각자가 가진 가장 개성 있는 것, 타인이 넘볼 수 없지만 늘 볼 수 있는 특별한 것.

첫인상은 어떻게 만들어지는지, 우리는 어떻게 표정들을 얻었는지, 자기 얼굴을 어떻게 생각하는지, 생각하긴 하는지요. 얼굴을 의식 할 때 가장 신경 쓰이는 것은 무엇인가요. 타인의 얼굴에서 무엇을 느끼나요. 가장 적나라하면서 의미심장한 얼굴 뒤에 감춰진 이야기를 꺼내 보이고 싶습니다.

이 책을 통과하고 나면 삶의 비밀, 그 내밀한 곳에 조금 더 가까워지기를 바랍니다.

얼굴에 닿아오는 바람의 무게가
달라지는 무렵에,
송재은 드림

목차

바라볼수록 멀어지는

맞을 걸어오는 얼굴들

어쩌면 그건 영영 잘 알 수 없는

보이는 것과 보이지 않는 것

바라볼 수록
멀어지는

"사랑과 미움, 불안과 희망 같은 것들이
혼란스럽게 뒤섞인 얼굴을 볼 때마다,
그럼에도 불구하고 나를 정말 사랑하기를 바라서
그 불안을 홀린 듯 쳐다보는 것이리라."

수선화,
나르키소스

송재은

공포영화는 싫어하지만
좀비영화는 좋아한다.
놀이기구는 못 타지만
스쿠터는 탄다.
미묘한 모순 덩어리.

<일일 다정함 권장량>,
<오늘보다 더 사랑할 수 없는>,
<낯선 하루>를 썼다.

책을 기획하고 쓴다.

율법의 여신 네메시스는 실연의 아픔으로 목숨을 끊은 요정 에코를 위해 아름다운 인간, 소년 나르시스에게 좀 애매한 형벌을 내린다. 그는 타인을 좀처럼 사랑하지 않은 죄로 물에 비친 자신을 사랑하게 된다. 나르시스는 손을 뻗으면 사라지고 마는, 연못에 비친 아름다운 자신을 쳐다보느라 자지도 먹지도 않다가 결국 물가에 쓰러져 숨을 거둔다. 네메시스의 또 다른 이름은 복수의 여신으로, 방자한 인간에게 보복하는 신이다. 나르시스가 죽은 자리에 피어난 꽃을 나르시스로 불렀다는데, 우리가 아는 수선화의 학명으로, 나르키소스라고도 한다.

　　사람이 자기 얼굴을 직접 볼 수 있다면 삶은 지금보다 고달플 것이다. 인간은 자기 얼굴을 보지 못해서 진실할 수 있는지도 모른다. 내 얼굴이 보이지 않아서 다른 사람의 얼굴을 볼 여유가 생기고, 마음이 곧 얼굴이 되어 솔직한 표정으로 나 아닌 것에 진심일 수 있다. 내 얼굴을 의식하는 순간부터 나 이외의 세상에 집중하기 어렵다. 내가 어떤 모양인지 잊을 수 있어서, 내가 나를 산만하게 하지 않아서, 우주에 속한 존재로 자연스럽게 살아갈 수 있는 게 아닐까. 자신의 존재를 매 순간 느끼고 지켜볼 수 있다면, 우리는 스스로를 감시하게 될 것이다.

고백하건대 나는 화상 회의 프로그램을 사용할 때 다른 사람들의 얼굴보다는 화면에 비친 내 얼굴을 더 많이 본다. 비대면 회의가 많아진 세상에서 나는 이상한 방식으로 나를 조금 더 알게 됐다. 나는 나를 너무 신경 쓴다. 타인에게 보이는 지금 당장의 내 모습이 어떤지 힐끗 확인하고 싶다. 상대나 상황에 따라 나를 검열하는 날도, 그저 나를 보는 일이 무척 재미있는 날도 있다. 하지만 자신을 늘 교정할 수 있는 상태에 놓이면 자연스러운 모습보다는 꾸민 모습을 보이게 되지 않을까. 조금 더 나은 나, 조금 더 여유롭고, 능숙하고, 멋진 표정을 짓는 나를 만들기 위해 못나게 웃지 않고, 감정 표현에 이마와 미간 주름을 덜 사용하고, 집중할 때 나오는 경직된 입 모양도 의식적으로 고칠 수밖에 없을 거라는 생각을 한다.

　나르시스는 연못에 비친 자신을 만지기 위해 물속에 손을 집어넣지만, 그 얼굴은 파문에 흔들리다가 잔잔해지면 그제야 다시 제 모습을 보였다. 그래서 그가 사라지지 않도록 영영 바라만 보던 나르시스는 연못 속의 얼굴이 자신이라고는 마지막까지도 깨닫지 못한다. 어쩌면 진짜 형벌은 자신이 무엇을 사랑하는지 모르는 것이었는지도, 영영 자기 몸에 갇혀 자신을 알지 못하는 채 살아가는 것인지도 모른다.

　나르시스가 물속에 손을 집어넣어 자신을 만져보려 한 것처럼, 나는 거울로는 영 보이지 않는 부분을 보기 위해 애쓴다. 그것은 가끔 집착에서 답답함으로 이어진다. 옆모습을 똑바로 보기 위해 재빨리 고개를 돌려봐도, 아니면 눈을 굴려봐도 절대 내가 보고 싶은 각도의 나를 볼 수는 없다. 어떤 대상에 비친 왜곡되고 반전된 내 모습을 마주하는 방법밖에는 나를 똑바로 바라볼 수가 없다. 그리고 정말로 나를 똑바로 볼 수 있는 날은 오지 않을 거라고 생각한다. 이미 화장하거나 카메라로 원하는 모습만 남긴 사진이 더 내가 생각하는 나의 이미지에 가까운 것 같으니까. 그것은 내 인생을 결코 객관적으로 조망하거나 한 발짝 떨어져서 볼 수 없을 거라는 기막힌 복선 같기도 하다. 눈으로 무언가를 확인하려는 노력은 부질없다. 보는 것은 어차피 투명한 진실일 수 없고, 빛의 왜곡과 생각, 마음, 편견으로 세상을 보고 있을 뿐이니까.

인생은 보이지 않아서 더 나은 것은 아닐까. 미래를 알 수 있다면 확인하고 싶은지 묻기에 나는 아니라고 답했다. 어려움과 슬픔을 미리 알고 준비할 수 있으면 좋지 않겠느냐고 해도 마찬가지다. 미래가 결국 정해져 있다 해도, 알지 못하는 삶이라면 좋을 것이다. 삶의 주도권이 나에게 있고, 책임을 진다는 마음이 나를 매번 더 나은 선택을 하는 사람이, 더 좋은 사람이 되고 싶게 한다.

나르시스에게는 자신을 비추는 연못이 하나 있었을 뿐인데, 그는 더 이상 타인의 얼굴을 보지 않게 되었다. 나는 21세기에 살며 어디에서나 나를 비춰볼 수 있다. 옷 입을 때 보는 전신 거울부터 책상 위의 작은 거울, 화장품 팩트에 붙어 있는 동그란 손거울, 휴대폰이 꺼지면 나타나는 검은 화면까지. 얼굴이 참 신기한 게 언제는 '얼굴이 왜 이러냐.' 생각했다가, 언제는 '아유, 오늘따라 뽀얗고 예쁘네.'라고 생각한다. 같은 얼굴이 기분이나 상황을 따라 예뻤다가 안 예뻤다가 하는 삶이지만 거울이든 화상 회의 화면이든 신경 쓰는 것은 늘 비슷하다. 유난히 잘 트는 입술, 얼굴의 비대칭이 크게 느껴지는 부위, 둔해 보이는 코, 기억도 안 나는 어린 시절부터 있던 주근깨, 내가 외모적 약점이라고 생각하는 요소들. 마음에 안 드는 내 모습.

나는 약점을 말로 꺼내는 걸 두려워하는 사람이고, 가족에게도 약한 모습을 보이지 않는다. 괜찮다는 걸 보여줄 수 없다면 피하고 조용히 앓는다. 아빠는 그런 나에게 부모가 힘든 일을 털어놓는 사람이 아니라서, 너도 그렇게 닮은 것 같다는 말을 했다. 거울에 보이는 나의 약점 너머에는 불안이 있다. 누군가에게 내가 느끼는 불안을 말하고 싶지 않다. 사실은 외모가 마음에 들지 않는 것이 아니라, 나를 마음에 들어 하지 않는 나를 두려워하는 것이다. 그런 생각을 타인에게 드러냈다간 그들을 실망하게 할 거라는 불안이 내 안에 웅크리고 있다. 내가 나를 사랑하지 못하는 것 같다고 말하는 일이 얼마나 부끄러운지. 그런 말을 하는 상상만 해도 눈물이 날 것처럼 목이 멘다. 자신을 인정하고 받아들이지 못하는 삶이 무서울 때가 있고, 그런 삶은 의미 없다고 생각하면서도 나로 산 지 삼십 년이 지난 지금도 몸과 마음은 하나가 되지 못했다. 여전히 거울을 보면서 미소 짓는 일은 어색하기만 하고, 내 삶도 나 자신도 마음에 들지 않을 때가 많지만, 나를 사랑하는 것이 나에게는 중요한 일이고, 그러고 싶어서 목이 메는 것이다. 나를 사랑해서 울고 싶어지는 것이다.

결핍과 필요는 '왜'라는 질문과 함께 찾아와 삶을 돌아보게 한다. 어쩌면 나는 불안에 매혹되어 거울 속 나를 자꾸만 흘깃, 바라보는지도 모른다. 사랑과 미움, 불안과 희망 같은 것들이 혼란스럽게 뒤섞인 얼굴을 볼 때마다, 그럼에도 불구하고 나를 정말 사랑하기를 바라서 그 불안을 홀린 듯 쳐다보는 것이리라.

쉽거나 재밌거나
어렵거나
그리고, 못생긴

김택수

이랑 노래를 많이 듣고
이랑에 대해서는 잘 모릅니다.
그림을 많이 그리고 글도 많이
쓰고 있습니다.
푸딩과 아몬드 봉봉을
체력 회복을 위해 먹습니다.
다정한 글을 쓰고,
그림을 그리며
책방을 오래오래
하고 싶습니다.
지구 완전 정착을
꿈꾸며 살아갑니다.

<성수기도 없는데 비수기라니>,
<지구불시착그림그리기초간단
편>, <지구불시착글쓰기팁초간
단편>을 썼습니다.

30초 초상화를 그린다. 사람 얼굴 그리는 일을 함부로 하고 거액이기도 하면서 단 돈이기도 한 3,000원을 받는다. 처음에는 15초에 그렸다. 그림을 빨리 그리는 것은 자신감 때문이 아니다. 오히려 그 반대이다. 첫 번째 이유는 너무 긴장돼서 손을 떠는 모습을 사람들에게 보여주고 싶지 않아서였다. 사람들 마음에 드는 그림까지는 못 그린다 하더라도 손을 부들부들 떠는 모습은 창피함을 넘어 추해 보이기까지 했다. 실제로 손이 떨려 그림이 엉망이 돼버린 경우도 적지 않다. 들키지 않으려고 해도 사람들은 금방 알아차린다. 어차피 잘 그리려는 기대는 없지만, 최소한 욕 먹는 그림을 그리면 안 된다. 그래서 생각했다. 잘 그리는 사람은 나 말고도 차고 넘치니까. "그래, 그렇다면 나는 좀 이상하게 그리자." 하고 시작했던 게 두 번째 이유이다. 되도록 빨리, 가급적 대상을 관찰하지도 않고 느낌만으로 그림을 그린다. 사람들은 "나를 제대로 보지도 않았는데 벌써?" 하면서 건네어 받은 그림에서 어딘가라도 닮은 구석을 찾아낸다. 그 정도면 성공한 셈이다. 하지만 모두가 관용의 태도로 3,000원을 지불하진 않는다. 머리숱이 많아 보이게 그려달라고 수정을 요구하거나, 주름이 없게, 얼굴 작게, 눈을 더 크게라는 주문을 한다. 그것처럼 난처한 경우도 없다. 마지막 이유는 사람들의 얼굴을 자세히 보면 묘한 긴장감이 흐르기 때문이다. 나는 마주 보는 시선을 견딜 자신이 없다. 그림을 그리는 종이와 붓을 사이에 두고 나와 손님은 아주 짧은 순간에도 묘한 기류를 느낀다. 어떤 손님은 눈을 마주하지 못해 딴 곳만 쳐다보기도 한다. 그럼 난 좋다. 오히려 상상력으로 그린다. 시선을 맞추고 어디 한번 그려봐! 하는 사람도 있다. 그럼 난 상대방으로부터 시선을 거두어들이고 최소한의 인상으로만 그린다. 30초를 넘기지 않도록 시원스럽게 붓을 놀리는 퍼포먼스를 한다. 그림을 다 그리고도 의뢰인의 얼굴이 쌍꺼풀이 있는지 없는지, 얼굴이 동그란지 각이 있는지 기억나지 않는다. 어쩌면 관심도 없다. 그런 건 중요하지 않기 때문이다. 기백이 중요하다. 하지만 나에게 그런 기백이 있을 리가 없다. 그림을 건네면서 눈치를 본다. 만족하는 얼굴을 하는지, 시큰둥한 얼굴을 하는지. 만약 만족하거나, 대단히 만족하면 (일부는 소리도 지름) 다음 그림은 엄청 빠르고 자신 있게 그릴 수 있다. 반면, 시큰둥한 반응이라면 그림에 영향이 크다. 나의 붓은 금방 길 잃은 강아지가 된다. 이처럼 30초 그림 한 장을 두고 치열한 승부를 벌이고 나면 기력은 이미 미역에 가까운 형태가 된다.

지금까지 많은 사람의 얼굴을 그려왔다. 일러스트 페어, 크고 작은 북마켓, 국제도서전, 책방에서 일면식도 없던 사람들의 얼굴을 그렸다. 사람들은 자기 얼굴을 잘 알고 있다. 눈이 작은 사람은 눈을 크게 뜨고 나를 본다. 얼굴이 각진 사람은 머리칼을 늘어뜨려 각진 곳을 가린다. 자신이 왼쪽이 자신 있으면 왼쪽만 보여주고 오른쪽이 좋으면 오른쪽만 보여준다. 그들은 모두 어떤 의미로 잘 그려진 자신의 얼굴을 기대한다. 하지만 나의 그림엔 그들의 단점은 나타나지 않는다. 나의 그림은 그들의 단점을 모르기 때문이다. 반면 그들이 어필하는 좋은 얼굴도 내 그림에는 없다. 자세히 보지 않아 장점을 모르기 때문이다.

초상화를 그리면서 나에게 얼굴은 그리기 쉬운 얼굴과 그리면 재밌을 것 같은 얼굴, 또는 그리기 어려운 얼굴이 있을 뿐인데 오직 어떤 얼굴 하나만은 쉽지도 재밌지도 않다. 그 얼굴은 바로 못생긴 지금의 내 얼굴이다. 언제부터인가 내 얼굴이 징그럽게 느껴졌다. 그 현상은 거울을 보는 시간이 짧아진 것으로 나타났다. 거울을 보고 싶지 않다. 간혹 백화점에서 상당한 고가의 거울에 비친 나의 모습은 나름 괜찮아 보일 때도 있다. 정말 그랬다. 내 말이 의심스럽다면 지금 당장 백화점 명품 샵의 거울 앞으로 달려가 보길 권한다. 사람들 눈을 통해 보이는 내 얼굴이 백화점 거울에 비친 내 모습과 같으면 좋겠다. 하지만 현실에서는 도처에 대단히 현실적인, 아주 직설적인 거울만 존재할 뿐이다. 다시 말해 못생긴 나만 보인다. 나는 상상해 본다. 안경과 거울이 어떤 공통 분모가 있을지 모르지만 광학이라는 관점에서 사람들을 예쁘게 보여주는 안경이 있으면 어떨까? 내가 잘 생길 수는 없으니, 사람들이 대상을 예쁘게 볼 수 있는 광학 기술이 시급하다. 그렇다면 머리도 손질하고, 몸매도 가꾸고, 패션에 관심이 생길지도 모르는 일이다.

　　최근에 나는 미야자키 하야오 감독의 어떤 표정에 매료되어 있다. 우연히 보게 된 유튜브 다큐멘터리에서 썸네일로 볼 수 있는 하야오 감독의 얼굴이다. 하얀색의 더벅머리에 덥수룩한 흰 수염, 검은 뿔테 안경, 그 너머엔 눈을 가늘게 말아서 반달 모양으로 웃는 미소. 그 미소의 의미를 카메라는 알아차렸을까? 나는 그 30분 남짓한 다큐멘터리를 몇 번이고 반복 재생했다. 센과 치히로의 행방불명에서 불과 5초, 8초 하는 원화를 담당하는 신입 애니메이터들의 고전분투를 다룬 다큐멘터리는 하야오 감독에게 포커스가 옮겨가며 그들이 넘어야 할 벽을 돌파하기 위해 "적당히는 도움이 되지 않는다."라는 거장다운 퍼포먼스를 보여준다. 영상의 마지막에서 신인 작가들이 마주한 난관을 마치 즐기기라도 하는 것처럼 카메라를 보고 웃는 미소에는 모든 것을 알고 있는 사람의 여유와 관록이 보였다. 어른의 얼굴이었다. 나를 비춘 거울에서 보고 싶었던 얼굴을 발견한 것 같았다. 오래도록 풀지 못했던 숙제를 마주한 나에게 연륜이란 말이 또다시 떠올랐다.

불과 10여 년 전의 나는 동안으로 유명했다. 지금의 나를 알고 있는 사람들에게는 도저히 납득시킬 자신이 없지만 제법 생김을 아는 얼굴이었다. 사람들은 학생이 아니라고 하면 놀라고, 결혼했다고 하면 놀라고, 아이가 있다고 놀랐다. 그 시절은 얼굴에 고민이 없는 대신, 철없음이랄까? 경험의 부재가 늘 따라다녔다. 조금 더 여유가 있었으면 했다. 한마디로 연륜이 담긴 얼굴을 열렬히 그리워했다. 지금은……

지금은 머리가 빠지고, 턱이 늘어나고, 코에 살이 찌고, 넓어진 흑색 피부에 기미, 점, 잡티와 흰 수염이 다양하게 터를 잡고 있다. 보이는 연령과 실제 연령은 급속도로 근접해졌다. 결혼했다고 하면 다른 의미로 놀란 표정을 짓는다. 동안이었을 땐 결혼을 일찍 했냐는 놀람이었다면 지금은 결혼도 했냐는 놀람이다. 아이가 있다고 하면 몇 있어요? 하고 묻고, 그 정도 되어 보인다고 하는 것도 유쾌한 대화는 아니다. 연륜을 따질 문제가 아니다. 미학적으로 제로에 가까운 얼굴이 돼버렸다는 것이 문제이다. 나는 예쁜 것을 좋아하는 사람이다. 하다못해 길바닥에 돌멩이조차 예쁘면 주워온다. 쓰다만 지우개도 예쁜 게 좋은데 말이다. 하지만 생각해 보면 서서히 늙어가는 얼굴에 익숙해지는 것도 나쁘지 않다. 사람은 누구나 할아버지, 할머니와 같은 얼굴이 될 것이다. 미학적으로 서글픈 일이지만 세월을 이겨낼 기술은 없다. 다만 늙어가는 얼굴이지만 다큐멘터리에서 본 미야자키 하야오 감독처럼 웃을 때 어울리는 얼굴을 갖고 싶다. 조금은 참을 줄도 알고, 여유롭게 대처하고, 이만하면 좋지 아니한가 하는 얼굴이라면 좋겠다.

　　오랜만에 자화상을 그려봤다. 역시 거울은 보지 않았다. 그리다 보니 7장이나 그렸다. 그림은 채 5분이 넘지 않았다. 모두 다르게 그려진 택수의 얼굴이 7장이나 있었다. 이상하기도 하고 조금씩 닮은 것 같기도 했다. 사람들이 받아 든 초상화를 체험해 보는 순간이었다. 닮았는가 닮지 않았는가 보다는 받아들이겠느냐 하는 질문의 시간을 갖기로 했다. 나의 연륜으로부터 너그러운 대답을 기대해 본다. 어쩐지 입꼬리가 살짝 들려있는 기분이 든다.

"조금은 참을 줄도 알고, 여유롭게 대처하고,

이만하면 좋지 아니한가 하는 얼굴이라면 좋겠다."

속눈썹이
사라진 뒤에

서아현

다큐멘터리
한 편을 만들었습니다.
삶의 갈피가 잡힐 기미는
여전히 보이지 않지만,
하고 싶은 이야기를 힘껏
해내며 살아가고자 합니다.

속눈썹이 사라졌다. 첫 번째 항암치료가 끝난 뒤부터 머리카락이 빠지기 시작하더니 얼마 가지 않아 눈썹과 속눈썹까지 모두 빠져버렸다.

　"모근세포가 일반세포보다 빠르게 분화하기 때문입니다."

　머리와 이마, 눈 사이의 경계가 없어져 버린 낯선 얼굴을 거울로 보며 의사의 말을 떠올렸다. 정상세포보다 빠르게 분화하는 암세포를 공격하기 위한 항암치료제는 암세포뿐만 아니라 정상세포 중에서도 빠른 속도로 증식하는 모근세포까지 파괴한다고, 결국 온몸의 털이 빠지게 될 거라고, 의사가 담담하게 부작용을 예고했던 순간을. 하루에도 수십 명의 환자에게 항암치료 부작용을 설명해야 하는 의사의 목소리는 건조했지만, 그 말을 들은 나의 마음은 순식간에 흙탕물에 잠겨버렸다. 항암치료 자체보다는 머리카락이 빠질 거란 예고가 더 두려웠다. '여성성'을 잃게 되었다는 낙인 같아 서럽기까지 했다.

스무 살부터 서른한 살까지, 나는 어울리지도 않는 긴 머리를 꽤 오래 고수했다. 어떤 머리가 나에게 잘 어울리는지 알지 못했던 상태에서 긴 머리는 내가 평범한 여성임을 보여주는 가장 안전한 선택이었다. '단발병'이란 말은 있어도 '긴 머리 병'이란 말은 없지 않나. 짧은 머리의 여성에게는 그 머리가 어울린다거나 어울리지 않는다고 왈가왈부하는 경우가 많지만, 긴 머리의 여성에게 머리가 어울리지 않는다고 말하는 경우는 드물다. 친구들이 찍어준 사진 속에서 긴 머리를 풀어헤치고 있는 나를 보며 안 맞는 옷을 입은 것처럼 어색하다고 생각한 적도 있었지만, 남들이 말하는 방식의 아름다움과 여성스러움을 나도 따라 해보고 싶었다. 짧은 머리에 비해 긴 머리가 훨씬 손이 덜 가기도 했고.

서른두 살 봄, 턱선을 겨우 넘는 길이로 머리를 자르고 나자 후련한 마음이 들었다. 슬슬 긴 머리가 지겨워졌을 때였다. 가슴까지 내려오는 머리를 아침마다 감고 말리는 일에 진절머리가 났고, 방바닥에 떨어진 내 머리카락이 지렁이처럼 보일 지경이었다. 가장 지긋지긋했던 것은 그즈음의 나 자신이었다. 살고 싶진 않지만 딱히 죽을 용기가 있는 것도 아니어서 꾸역꾸역 살아가고 있는 나 자신이 못마땅했다. 20대의 패기로 시작했던 다큐멘터리 작업을 끝맺지 못한 지가 어언 6년이 되어 가던 참이었다. 누가 시켜서 시작한 일도 아니었고 내가 하고 싶어 선택한 일인지라 어디에 하소연하기도 민망했다. 하루하루를 질질 끌려가며 살아가는 나 자신에게 화풀이 하고 싶었다. 그래서 머리를 잘랐다. 당시에 만나던 남자친구는 긴 머리를 더 좋아하는 눈치였지만, 나는 단발의 내가 썩 마음에 들었다. 이상하게도 머리를 자르고 나니 그가 바라는 이상형에서 내가 얼마나 동떨어진 여자인지가 더욱 선명해졌다. 머리를 자른 뒤로 반년을 더 가지 못하고 그 연애를 정리했다.

서른셋이 겨울, 난생처음으로 나는 내 몸이 만족스러웠다. 별다른 노력을 하지 않았는데도 이유 없이 살이 빠졌다. 늘 통통과 뚱뚱 사이를 오가는 체형이었던 나는 제법 날씬해 보이는 내 몸이 마음에 들었다. 단발의 나에게 익숙해질 무렵이었고, 끝나지 않을 것만 같았던 첫 다큐멘터리 작업이 드디어 결실을 맺은 시기였다. 이런저런 영화제에서 관객을 만나며 오랜 시간 꿈꿨던 날들을 보내던 어느 날, 갑작스러운 복통이 느껴졌다. 흔한 맹장염이겠거니 짐작하며 응급실을 찾아갔던 그 겨울, 의사는 내게 오른쪽 난소 옆에 11cm의 종양이 있다며 이 정도면 여러 증상이 있었을 텐데 느끼지 못했냐고 물었다. 별다른 증상은 없었지만 최근에 갑자기 체중이 줄긴 했다는 나의 대답을 듣고 의사의 표정이 어두워졌다.

응급으로 잡힌 수술에 들어가기 전, 가임력 보존을 원하냐는 질문을 네 차례 받았다. 수술 내용을 설명하는 주치의로부터 한 번, 동의서를 작성할 때 레지던트가 한 번, 수술 대기실에서 한 번, 수술대 위에 누워 마취주사를 맞기 직전에 마지막으로 한 번. 의사들이 돌아가며 같은 질문을 할 때마다 나는 가임력 보존을 원한다고 답했다. 늘 결혼하지 않고 혼자 사는 삶을 꿈꾼다고 입버릇처럼 얘기했었는데. 막상 임신 가능성을 포기할 수 있겠냐는 질문 앞에서 주춤하는 나를 보며 속으로 당황했다. 임신과 출산을 '옵션'으로 남겨두고 싶었지, 꿈꿀 수조차 없는 '불능'의 영역으로 만들고 싶지는 않았다.

"하지만 가장 중요한 것은 생존입니다."

수술 전, 입원 병동에 찾아온 주치의가 자궁초음파 영상을 보여주며 종양이 어디에서 시작되었는가에 따라 절제해야 하는 범위가 달라질 수 있다는 설명을 했을 때, 나는 다급하게 그에게 물었다. 최대한 난소를 절제하지 않고 종양을 제거할 수는 없겠냐고. 피곤에 지친 얼굴이었던 주치의가 갑자기 단호한 표정을 지으며 말했다. 가장 중요한 것은 생존이고, 가임력은 다음 문제라고. '생존'이라는 말이 낯설게 다가왔다. 말 그대로 내가 생사의 갈림길에 서 있다는 사실을 자각하자 마음이 서늘해졌다.

길어야 네 시간 정도일 거라던 수술은 결국 네 시간 반 만에 끝났다. 마취에서 겨우 깨어나 비몽사몽인 나에게 엄마가 말했다. 자궁과 두 난소를 모두 적출해야 했다고. 어떻게든 나를 살리는 것이 가장 중요했기 때문에. 네 시간 반 전까지 '가임기여성'이었던 나는, 눈을 떠보니 암 환자가 되어 있었다. 생존을 위해 가임력을 포기한 자궁내막암

3기 여성 환자. 수술대 위에 누워있던 나를 대신해 자궁적출을 결정해야 했던 엄마는 울면서 내게 말했지만, 정작 듣는 나는 눈물이 나지 않았다. 칼로 뱃속을 휘저어 놓은 것 같은 통증 때문에 울 기력조차 없었다.

수술 부위가 다 아물기도 전에 항암치료를 시작한 후로 아침에 세수를 하는 일이 부담스럽게 느껴졌다. 거울 앞에 서서 머리가 빠지며 달라져가는 얼굴을 볼 때마다 마음이 복잡해졌기 때문이다. 두상의 윤곽이 선명하게 드러난 내 얼굴이 신기해 거울을 빤히 쳐다보고 있다가도 내 얼굴이 기괴해 보여 괴로운 마음이 들었다. 두피를 가리기 위해 두건을 사고, 집 앞에 쓰레기를 버리러 나갈 때조차 꼭 모자를 썼다. 어떻게든 환자처럼 보이지 않으려 애를 썼지만, 그럴수록 내가 '젊고 아픈 여자'가 되었다는 사실을 더 처절하게 느낄 뿐이었다.

독한 항암제를 이기지 못해 온몸의 털이 빠지는 와중에도 정수리 쪽의 머리카락 세 가닥만은 살아남아 있었다. 손가락 두 마디 길이의 세 가닥이 어찌나 소중하던지. 행여 자는 사이에 빠지기라도 할까 봐 잘 때도 두건을 쓰고 잤고, 자다가 깨면 한 번씩 정수리를 만져 보았다. 민둥산 같은 머리에 머리카락 세 가닥이 겨우 붙어 있는 모습이 우스꽝스러우면서도 항암제를 이겨내고 생존한 머리카락이 기특했다. 단발의 나를 좋아해서 만나기 시작한 애인은 나를 만나러 올 때마다 그 세 가닥이 여전히 남아 있는지 확인하며 함께 기뻐했다. 당연하게 있는 것인 줄로만 알았던 속눈썹이 빠지고 난 뒤에, 삶에 당연하다고 여길 만한 것이 하나도 없음을 깨달았다.

나는 그제야 내 얼굴에 덧씌웠던 욕망이 무엇이었는지를 가려낼 수 있었다. 내가 '남들처럼' 살고 싶어 무진 애를 써왔다는 것을, 나답게 살기 위해 선택했다고 믿었던 결정이 실은 남들에게 보여줄 만한 삶을 살고 싶은 욕망에서 비롯됐다는 것을 속눈썹이 사라진 얼굴을 보며 인정하게 되었다. 남들처럼 여성스럽게 보이고 싶고, 남들만큼 멋진 일을 해내는 사람이고 싶고, 언젠가는 나를 이해해 주는 사람을 만나 남들과 같은 가족을 꾸리는 삶을 내가 바라기도 했다는 것을. 남은 것이라고는 정수리의 머리카락 세 가닥뿐인 얼굴을 보며 내 욕망의 민낯을 마주했다.

여섯 번의 항암치료와 스물여덟 번의 방사선 치료를 모두 마칠 즈음이 되자 눈썹도 속눈썹도 되살아났다. 이렇게 다시 자랄 텐데 왜 걱정했을까 싶을 정도로 머리카락은 무럭무럭 자랐다. 오랜만에 만난 사람들은 빽빽한 잔디 같은 내 머리를 보며 그 사이 무슨 심경의 변화가 있었기에 머리를 자른 거냐고 묻기도 했다. 짧은 머리가 훨씬 잘 어울린다는 이야기를 들을 때마다 나도 지금의 내 머리가 마음에 든다고 답했다. 무엇보다도 아침에 머리를 감고 말리는 일이 수월해져 좋다는 너스레까지 떨면서. 투병 중이라는 설명을 구태여 보탤 필요도 없었지만, 아픈 것을 일부러 숨길 이유도 없었다.

치료가 끝나고 차츰 돌아오는 일상에 익숙해지다 보면 또다시 삶을 당연하게 여기는 때가 올 테지. 항암치료는 이겨냈지만 그보다 더 난이도 높은 삶의 문제가 언제 들이닥칠지 모른다. 주어진 것과 잃어버린 것, 포기할 수 없는 것과 떠나보내야 하는 것 사이에서 고민하면서 나는 또 어떤 민낯을 보게 될까. 그럴 때마다 정수리에 남겨져 있던 세 가닥의 머리카락을 기억하면서, 잘 살고 싶다기보다는 잘 죽어가고 싶다.

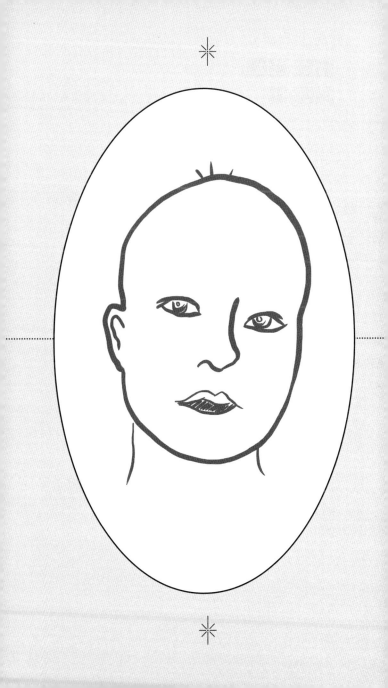

어느 아침,
거울 앞

홍성하

————————————

마음이 여름과 같기를 바라는
소망을 이름자에 매달고
태어났으나
장맛비의 눅눅함만을
간신히 닮은,
덜 자라고 겉늙은
91년생 남자.

거울

삶에 형태적 본질이 있다면 부디 나사못과 같은 모양이기를 바랐다.

생활은 시침 끝에 매달려 있었고 그것은 반드시 원 운동을 했다. 7시 기상, 10시 출근, 1시에는 점심, 2시에는 다시 책상 앞으로. 밀리거나 급한 일들을 해치우다 보면 다음 일들이 밀리거나 급한 것이 되어 있고, 늦은 퇴근 후에 침대 위로 쓰러지면 어느새 10시. 어영부영하는 사이 시계는 12시를 지나치고, 감았던 눈을 뜨면 다시 7시. '다람쥐 쳇바퀴 돌듯', 그 식상한 관용어가 달리 대체되지 않는 이유를 나는 20대 후반에야 겨우 깨달았다. 그것보다 더 짧고 정확한 비유가 없다는 단순한 진실. 삶은 회전이었고 나는 식상한 다람쥐였다.

그리하여 나의 희망은 고작 나사못이 되었다.

"사는 게 원래 그래. 세상은 늘 불안하게 흔들리니까, 조금 더 단단히 박혀 있기 위해서는 꼭 필요한 일이야." 거울을 보며 중얼거릴 때 나는 바랐다. 그게 정말이기를, 삶이 시계판 같은—혹은 쳇바퀴 같은—원반이 아니라 기울기를 가진 나선이기를. 하루 종일 몸을 비틀어도 고작 제자리로 돌아오는 것이 전부인 듯한, 이 건조한 회전이 어쨌든 어디론가 더 깊어지는 과정이기를.

하지만, 깊어진 건 주름뿐인지도 몰라.

오늘 나는 거울 안에서 낯익은 얼굴을 발견했다. 입꼬리를 올리니 따라 웃는 그, 생활에 지친 서른둘의 남자. 나는 그에게 약간의 거리감을 느낀다. 어차피 이십 대의 얼굴은 어땠었는지 잘 기억나지 않지만, 짙어진 수염 자국과 조금 더 처진 눈꺼풀과 이마 위의 옅은 주름이 새삼스러운 까닭이다. 날들은 늘 어제를 닮았는데, 나이는 어느새에 먹었을까?

거울 속의 남자에게서 스스로를 좋아하던 시절을 찾아본다. 예전에는 조금 더 총기 있는 얼굴이었던 것 같은데. 중얼거리며 손가락을 벌려 눈을 좀 잡아당겨도 보고, 숨을 머금어 살짝 뺨을 부풀려도

본다. 눈꼬리에 힘을 주어 보지만 주름만 더 깊어진
다. 손바닥으로 이마와 머리카락의 경계를 누르고,
쓸어 넘기듯 뒤통수 방향으로 당긴다. 그렇게 이마
가 조금 더 팽팽해진 거울 속의 남자를 바라보다가,
문득 실소한다.

나는 원래 못생겼고, 어차피 그런 시절도 없
었기 때문이다. 그러나 여전히 거울 안에는 내가
있다.

이마

유년기, 라는 단어와 함께 내가 떠올리는 것은
언제나 어두운 거실에 모여 TV를 보는 가족들의 모
습이다. 아버지와 어머니와 여동생과 나는 한 덩어
리처럼 서로에게 안기고 기대어 나른한 자세로 킥
킥거린다. 특히 내게 선명한 것은 아버지 품에 안겨
있을 때의 감촉이다.

그런 밤에 아버지는 늘 나를 다리 사이에 앉히
고는, 굳은살 박힌 손으로 내 이마부터 뒤통수까지
쓸어 넘겼다. 머리가 뒤로 넘어갈 만큼 강하게. 드
라마 한 편이 다 끝나도록 하염없이. 내겐 조금 짜
증스러운 일이었고, 조금 아프기도 했다. 그러나 칭

얼거려도 아버지는 그 손길을 멈추지 않았다. 그저 놀리듯 웃으며 말했다.

"네 이마 펴주는 중이니까 참아, 아들."

그 말마따나, 나는 이마가 좁았다.

초등학교를 졸업하며 아버지가 이마를 쓸어주는 일은 줄어들었다. 부모님의 일이며 나의 학업이 바빠진 까닭도 있지만 내 머리가 조금 더 굵어졌기 때문이기도 할 것이다. 그럼에도 불구하고 내 이마가 좁은 것은 내 부모의 오랜 걱정이었다.

한번은 식사 중에 갑자기 "이마에 주름이 잡히니 눈을 치켜뜨지 말라"며 어머니가 호령한 일도 있었다. 그저 눈을 뜨고 있었을 뿐인 내게는 적잖이 억울한 지시였다. 눈을 감고 살라는 말인가? 발끈해서는 "엄마가 이렇게 낳아 놓고 왜 나한테 그래." 소리를 쳤던 것 같다. 젓가락을 집어 던지기까지 했는지도 모른다. 모든 불효자가 그렇듯, 나도 내게 불리한 기억은 진작 잊었기에 명확하지는 않다. 아무튼 그 집요한 걱정의 이유는 나름대로 명확했다.

"이마가 좁으면 사람이 답답해 보이거든."

물론 내게는 그 믿음이 보편성을 담보하기 힘든, 지극히 개인적인 편견으로 여겨졌다. 해서 나는 대체로 그런 잔소리를 귓등으로 흘려버렸는데, 놀랍게도 실제로 퍽 답답한 성격의 인간으로 자라고야 말았다. '생긴 것과 달리' 의외의 대범함과 관용을 보일 일은 없으니 내 부모님과 같은 종류의 관상학적 신념을 가진 이들에게는 다행스러운 일일지도 모르겠다. 아니, 어쩌면 내 답답하고 소심한 성격이 다 좁은 이마에 깃든 운명 탓이었을까?

글쎄, 나는 여전히 그런 것을 믿지 않는다.

얼마 전 아버지가 계시는 시골집에 다녀왔었다. 소주잔 사이로 내가 다니는 회사 이야기, 아버지가 키우는 텃밭의 작물 이야기가 오가고, 잠시 침묵이 스며든 순간, 내 얼굴을 물끄러미 보던 아버지가 말했다.

"그때 아빠가 이마를 좀 더 쓸어줄 걸 그랬다."

그게 아쉽다는 듯이. 미안하다는 듯이. 후회스럽다는 듯이.

나는 웃었다. 머리 가죽이 모자라서 어차피 무용한 일이었을 것이라고, 머리를 감을 때마다 손가락에 엉키는 게 한 움큼이라며, 운이 나쁘다면 얼마 지나지 않아 넓어지긴 할 것이라 너스레를 떨었다. 그리고 아버지의 잔을 가득 채웠다.

아버지의 노력은 내 이마를 넓히지 못했다. 나는 여전히 남들보다 좁은, 간신히 다른 이목구비에 크게 폐를 끼치지 않는 수준에 지나지 않는 이마를 가지고 있다. 덕분에 눈만 조금 부릅떠도 주름이 잡히고, 누군가에게는 사람 자체가 답답해 보일 것이다. 그러나 내 이마는 기억하고 있다. 안기고, 기대어, 나른한 자세로 받던 손길. 강하게, 짜증 나게, 조금 아프게 쓸어 넘기던 그 가칠가칠한 손의 감촉. 그 손의 온도. 그 손의 마음.

눈

두 해 전 연말에 있었던 일이다. 직장에서 퍽 가깝게 지냈던 전 동료가 주관한 홈 파티에 방문한 적이 있다. 성격에 맞는 일은 아니었지만 아끼는 사람 서넛만 불렀다는 이야기에 차마 초대를 거절하지 못했다. 참석자는 정말로 나를 포함해 넷이 전부였다. 모두 서로가 초면이었다. 어색한 분위기는 식사가 길어지고 술이 들어가자 조금씩 옅어졌으나, 고를 수 있는 화제는 피상적인 것들뿐이었다. 한동안 각자의 관심사를 따라 부유하던 대화의 초점은 이윽고 '눈 관상'에 다다랐다. 우리 중 가장 나이가 많은 남자, 이(李)가 꺼낸 화제였는데, 간호사로 일한다는 여자 전(全)이 자신도 안다며 말을 받았다. 요는 동물의 눈에 빗대어 눈의 생김만으로 따로 보는 관상이 있고, 그것이 최근 웹에서 화제라는 것이었다. 처음 듣는 이야기였으나, 그들이 예시로 주워섬기는 연예인의 이름은 익숙했다. 고개를 주억거리며 듣고 있자니 이가 대뜸 나를 보며 말했다.

"그쪽은 '물고기 눈'에 가까운 것 같아요. 약간 '뱀 눈' 같기도 하고."

"그건 좋은 관상인가요?"

"그렇게 좋은 눈은 아니죠. 흉상(凶相)이에요. 그래도, 뭐."

이는 말끝을 흐렸고 내게는 그 탁도만큼 거북함이 남았다. 화제는 곧 바뀌었으나, 나는 테이블 아래로 스마트폰을 켜 두 관상을 검색했다. 흉상 중에서도 가장 안 좋은 것이 물고기 눈이고, 그다음이 뱀 눈이라고 했다. 예시로는 당시 큰 사회적 물의를 일으켰던 연예인 두 명의 이름이 적혀 있었다.

불쾌하지 않았다면 거짓말일 것이다. 내가 느끼기에 그것은 일종의 시비였다. 이는 처음부터 내게 다소 공격적이었고, 애당초 내 눈을 닮았다는 두 관상도 흉하다는 것만 같았지 생김은 서로 전혀 달랐다. 그럼에도 불구하고, 나는 이에게 어떤 종류의 측은한 마음을 느꼈다. 심지어 더 가까워지고 싶기까지 했다. 그가 나를 초대한 파티의 호스트, 강(姜)에게 이성적 관심이 있다는 것이 꽤 명료했고 바로 그것 때문에 내게 적대적이라는 생각이 들었기 때문이다.

사실 이는 내가 만나본 치들 중 가장 특이한 축에 드는 인물이었다. 특히 자신의 '비 사교성'을 끊임없이 증명하고 싶어 하는 점이 그랬다. 그날 그는 자신의 긴 커리어를 증명하듯 능숙하게 자리를 주도했다. 적절하게 대화를 이끌고, 건배를 제의했다. 그러나 동시에, 자신은 친구를 두지 않는 것을 넘어서 친구의 존재를 믿지 않는다는 이야기를 했다. '그대들'과 오래 볼 사이는 아니라고 생각한다는 이야기 또한 거듭해서 주워섬겼다. 그가 말하는 '그대들'에는 나와 전은 물론이고, 강도 포함되어 있었다.

그러나 그의 눈이 강에게 닿을 때, 그 시선은 어쩔 수도 없이 붙박이고 눈꼬리는 둥글어졌다. 나는 그것을 보았다.

그보다도 두 해 전쯤, 여자친구와 서로를 바라보다 눈물을 흘린 적이 있다.

아무 날도, 아무 때도 아니었다. 특별한 이야기를 나누고 있었던 것도 아니다. 그냥 우연히 눈이 마주쳤고, 장난스럽게 그 시선을 유지하다 문득, 마음이 타는 듯이 애틋해졌다. 여기 그녀가 있다는 것, 그리고 그 눈에 내가 비치고 있다는 것, 그 모든 게 어떤 불가능한 일들의 기적적인 조화처럼 느껴졌다. 그러자 갑자기 눈물이 터졌는데, 동시에 그녀도 울기 시작했던 것이다.

우리는 짤짤한 입맞춤을 나누었고, 사랑한다고 속삭였고, 어떤 생각을 했는지는 묻지 않았다. 다른 연인들에게도 그런 순간이 있는지 모르겠으나, 내게는 처음 일어난 일이었다. 그리고 이상하게도 그 연말의 홈파티에서 나는, 그때의 기억을 떠올렸다.

그날 이후로 다시 본 적 없는 이의 얼굴을, 나는 사실 이미 완전하게 잊었다. 내가 그에 대해 기억하는 것은 얼굴 없는 표정과 눈 없는 눈빛뿐이다. 그때, 강의 앞에서 그의 무뚝뚝한 얼굴에 깃들던 은근한 다정함.

그런 것을 생각하다 보면 나는 이를 다시 한 번 용서하게 된다. 설령 그의 악담이 사실이라 하더라도, 그런 건 별로 중요하지 않다는 생각이 드는 것이다. 친구를 믿지 않는 이의 못된 입술 위에도 다정한 눈이 반짝일 수 있는 것처럼, 물고기의 눈 속에도 세상에서 가장 애틋한 연인이 담길 수 있는 거니까.

거울

다시, 나는 거울을 본다. 넙데데한 얼굴 위에 주름 깊은 좁은 이마가, 눈두덩만 부은 듯 소복한 작은 눈이, 뭉툭한 코와 토라진 듯 툭 튀어나온 입술이, 작은 귀와 함께 매달려 있다. 십 년 전에도 대충 이렇게 생겼었지 싶은데, 피로한 생활이 주름 몇 줄 더 남기고 군살만 붙였다. 한 번도 스스로 좋아해 본 적 없는 못난 얼굴. 내 것이지만 거울 앞이 아니면 볼 수 없는, 이 얼굴이 나는 가끔 낯설다.

내일도 하루는 어제 같겠지. 삶은 나사못이 아니고 주름은 시침이 할퀴고 간 흔적에 불과할지 모른다. 그리하여 어느 날 아침에 나는 또 거울을 보며 처량한 생각에 빠질 수도 있다.

그러나 누군가는 그 얼굴로 나를 기억하겠다. 누군가는 다정한 마음으로 이마를 쓰다듬고 누군가는 애틋하게 눈을 맞췄겠다. 나는 그 사람들을 생각한다.

어쩌면 한참 더 늙을 수도 있을 것이다.

"그날 이후로 다시 본 적 없는 이의 얼굴을,

나는 사실 이미 완전하게 잊었다.

내가 그에 대해 기억하는 것은 얼굴 없는 표정과

눈 없는 눈빛뿐이다."

믿음 걷어오는
엽콩들

"다시 한번 모든 나이의 나를 사랑하자고,
그 나이에 맞게 변하는 나의 얼굴을 사랑하자고 다짐한다.
만족스러운 매끄러움보다 거친 나다움을 선택한다."

그건 정말
턱도 없는
소리

이승용

광고 대행사 카피라이터로
10년째 일하고 있다.
아이디어나 카피를 고민할 때면
각진 턱을 자주 쓰다듬는다.
책 <헛소리의 품격>과
<시시콜콜 시시알콜>을 썼다.

"보톡스 맞을 생각 없으세요?"

　손목에 생긴 가벼운 발진을 치료하기 위해 피부과에 갔을 때였다. 의사 선생님은 내 손목이 아닌 얼굴을 뚫어지게 쳐다봤다. 그의 시선이 멈춘 곳은 다름 아닌 나의 턱. "환자분은 턱에 근육이 많이 발달한 편인데 보톡스를 맞으면 드라마틱한 효과를 보게 될 거예요." 갑작스러운 얘기에 당황했지만, 동시에 그의 마음이 이해가 안 되는 것도 아니었다. 네모나고 각진, 우람하고도 튼튼한 나의 턱은 피부과 선생님에겐 긁지 않은 복권처럼 보였을 것이다. 다른 피부과에서도 종종 비슷한 제안을 받은 걸 보면 나는 꽤나 '턱별한' 환자인 게 분명하다.

　처음부터 나의 턱이 각진 것은 아니었다. 중학교 때까지만 하더라도 얼굴이 동글동글하다는 소리를 듣는 편이었다. 하지만 고등학생이 되고 학업

스트레스가 많아지면서 나의 턱은 점점 더 커져갔다. 힘들 때마다, 울적할 때마다, 졸릴 때마다, 피곤할 때마다, 당시 핫한 껌이었던 자일리톨을 열심히 씹었기 때문이다. 나는 동그란 플라스틱 통에 담긴 자일리톨을 하루에 두 통씩 잘근잘근 해치웠고 스무 살이 되었을 무렵 어느 누구도 무시할 수 없는 사각턱을 당당히 갖게 되었다. 뭐랄까, 나에게 턱 근육 키우기는… 정말이지 껌이었다.

　　나의 각진 턱은 사람들에게 깊은 인상을 심어주곤 했다. 내가 조금이라도 정색하거나 표정이 굳으면 대부분 놀라는 눈치였다. 나를 화난 사람이라고 생각하는 것 같았다. 첫인상이 무뚝뚝해 보여서 말을 걸기 무서웠다고 고백한 후배도 여럿이었다. 사각턱이 레고를 닮았다며 나를 놀리던 여자친구도 있었다. 한동안 턱 마사지를 열심히 해봤지만 효과는 딱히 없었고 턱만 뻐근해질 뿐이었다. 턱이 좀 있어야 말년에 잘 된다거나, 각진 턱 덕분에 다부져 보인다는 반응도 있었지만 나는 줄곧 내 턱이 신경 쓰였다. SNS에 사진을 올릴 때도 최대한 각진 턱이 부각되지 않은 사진을 골랐다.

　　LA 인근 대학교로 교환학생을 가면서 나는 내

심 기대했다. 미국에선 각진 턱이 더 매력적이지 않나? 하지만 미국에 도착하니 난생처음 만난 외국 친구들에게 어떻게 말을 걸어야 할지 막막했다. 영어로 어떤 말을 해야 할지 생각만 해도 숨이 턱턱 막혔다. 그런 나를 보며 MJ는 걱정할 것 없다는 말을 건넸다. 그는 교환학생 모임에서 알게 된 일본 친구였는데 교내 농구장 근처 벤치에 앉아 시간을 보내길 좋아했다. MJ는 벤치 옆으로 다가온 사람들을 바라보다가 거리낌 없이 말을 걸었고 몇 분 뒤에는 그들과 페이스북 아이디를 교환할 만큼 친해지곤 했다.

나는 MJ 옆에 앉아 그가 어떻게 대화를 나누는지 유심히 바라보았다. 그의 비결은 단순했다. MJ는 처음 본 사람의 패션에서 칭찬할 수 있는 부분을 성큼 찾아내는 재능이 있었다. "와, 너 오늘 신발 진짜 예쁘다!", "네 재킷 스타일 너무 매력적인데?", "바지 패턴 정말 쿨해 보여." 그러면 그들은 해맑은 얼굴로 고맙다는 말을 전했다. 그 뒤로는 모든 게 자연스럽게 흘러갔다. 그들은 MJ가 즐겨 쓰는 비니나 선글라스를 보며 칭찬을 건넸고 어느새 서로의 이름을 물어보며 한층 더 가까운 사이가 되었다. MJ는 벤치에 앉아 유유자적 시간을 보내며 매일 새로운 친구를 만들었다.

그 뒤로 나는 누군가를 만날 때마다 MJ를 벤치마킹했다. 벤치에 앉아있지 않더라도, MJ가 곁에 없더라도, 나는 그를 떠올리며 처음 만나는 사람들에게 다가갔다. 그들의 모습을 꼼꼼히 관찰하면서 어떤 부분을 칭찬하면 좋을지 고민했다. 저 친구는 모자의 로고가 너무 귀여운데? 티셔츠에 적힌 멘트 대박! 와… 저건 카우보이들이 입을 법한 조끼 아닌가? 내가 발견한 상대의 장점을 얘기하는 순간 대화는 물 흐르듯 이어졌다. MJ, 너는 다 계획이 있었구나!

내가 MJ를 열심히 벤치마킹했던 건, 그가 타인의 얼굴이나 체형에 대해 얘기하는 법이 없었기 때문이다. 그는 상대의 취향이 묻어나는 패션 스타일에만 오롯이 집중했다. 외모가 타고난 부분이라면, 패션은 후천적인 노력으로 얻는 것이다. 외모를 바꾸는 것은 쉽지 않지만, 오늘 신고 싶은 신발을 고르는 것은 그보다 훨씬 쉽다. 외모는 개별적이고도 특수하지만, 멋진 신발을 신는 것은 누구에게나 가능한 일이다. 얼굴은 누군가의 개성이자 그 사람을 구성하는 요소 중 하나이지만, 신발은 그 사람을 둘러싼 수많은 요소 중 하나일 뿐이다. 그래서 신발과 달리 얼굴을 언급하는 대화는 자칫 누군가의 얼굴을 찌푸리게 할 수 있다.

　　누군가를 칭찬하기 위해 MJ처럼 고민하는 것만으로도 나는 즐거웠다. 좋은 칭찬을 위해선 먼저 상대를 애정 어린 눈으로 바라보아야 한다. 그의 모습을 꼼꼼하게 살펴보고 그중에서 그를 기분 좋게 할 요소가 무엇인지 생각해야 한다. 칭찬은 상대의 숨겨진 장점을 낚아 올리는 낚시와도 같다. 더 큰 칭찬을 낚을 때마다 나는 대어를 잡은 사람처럼 신이 났다. 그러면 상대방도 덩달아 신이 났다. 그렇게 나는 새로운 친구들을 사귀는 법을 신나게 배워 갔다. 교환학생으로 지내던 1학기 동안 내가 수많은 친구와 어울려 지내며 춤을 추고, 파티를 하고, 야식을 먹고, 기타를 치고, 여행을 했던 것도. 그들과 밤새 수다를 떨며 한국의 술자리 게임을 알려줬던 것도. MJ로부터 칭찬 화법을 배우지 않았다면 결코 일어나지 않았을 추억들이었다.

　　"그래서 미국에선 네 턱… 어땠어?"

친구들은 한국으로 돌아온 나를 보며 장난스레 내 턱 얘기를 꺼냈다. 야, 내 턱이 말이야! 미국에 가니까 말이야! 관심이 많…지가 않던데? 아예 없던데? 나의 헤어스타일이 매력적이라고, 내 흰색 시계가 쿨하다고, 나의 셔츠가 처음 보는 스타일이라서 신기하다고 말해준 친구들은 있었지만, 내 턱이 얼마나 각졌는지, 그래서 좋은지, 혹은 별로인지 등을 얘기한 친구는 정말이지 단 한 명도 없었다. 아마도 내가 미국에서 만났던 친구들은 '한 턱 쏠게!'라는 말 외엔 친구 사이에 턱 얘기를 할 필요가 없다는 걸 잘 알고 있었던 게 아닐까 싶다. 물론, 그 친구들이 한국어를 아는 건 아니었지만 말이다.

나는 피부과에서 제안한 보톡스 주사를 끝내 맞지 않았다. 지금 나의 턱이 썩 싫지 않기 때문이다. 다른 사람들에게서 칭찬할 부분을 열심히 찾은 만큼 스스로에게서 칭찬하고 싶은 포인트를 조금씩 알게 되었는지도 모르겠다. 그리고 누군가 내 턱에 대해 이러쿵저러쿵 얘길 한다면 이제는 속으로 이렇게 대답할 여유도 생겼다. 그건 정말이지 턱도 없는 소리라고.

늙어가며
늙어가는

정형화
———————————————

자주 행복할 뿐,
문제의식이 없는 건 아닙니다.

얼마 전 만든 단편영화의
제작비를 갚기 위해
닥치는대로 돈을 벌고,
글을 쓴다.
돈이든 글이든
두 개가 하나가 되길 희망하며
오늘 밤도 얼음에
커피를 붓는다. 콸콸콸…
문제의 단편 영화는
하고 싶은 걸 할 수 없어서
할 수 있는 걸 하는 인물의
이야기다.
은행과 카드사 빚을 갚는 동안
놀랍도록 내 얘기가
되어버린…

엄마와 대화를 나눈다. 지금 하는 일, 지난 연애와 앞으로의 만남, 불투명하지만 약간의 희망을 담은 계획… 대화가 가장 중요한 지점에 다다를 즘, 엄마가 나에게 초집중하고 있다는 느낌을 받는다. 마치 내 얼굴에 빨려들 것처럼.

"너 얼굴에 주름이 자글자글 해."

인생의 중대한 문제를 거론하던 중, 갑작스러운 대화의 회로 변경에 허탈함을 느낀다. '지금 그게 중요한 게 아니라고!' 반박하려다 문득, 언제 피었는지도 모른 채 지고 있는 나의 얼굴 역시 지금 내 인생의 중대한 문제일지도 모른다는 생각이 든다. 무엇보다 시급한…!

꾸준히 한 겹, 한 겹 생겨나는 주름은 처음엔 임시로 머무는 것처럼 보이지만, 결국 그 성실함으로 내 얼굴에 영구 정착한다. 화장을 한 날에는 주름이 접혔다 펴지기를 반복하며 파운데이션이 주름선을 따라 끼기도 한다. 그러면 웃는 표정을 짓지 않아도 팔자주름 선이 보인다. 어느 날은 친구들을 만나 웃고 떠들다가 화장실에 들렀다. 거울을 보니 실컷 웃었던 자국이 얼굴에 고스란히 남아있었다. '파데가 또 끼었군.' 손가락으로 열심히 그 자국을 문지르며 거울 가까이 다가가다가, 아차... 오늘 화장을 안 하고 나온 사실을 깨달았을 때, 이제 막 영구 정착한 팔자주름의 존재를 인정할 수밖에 없었다. 이제 우리, 함께 가야 하는구나?

이제는 나이가 꽤 들었다고 생각했던 (전혀 아님) 스물세 살쯤, 성장은 끝났고 이제 신체적으로 늙어갈 일만, 궁극적으로는 죽어갈 일만 남았다는 두려움이 있었다. 지금이 가장 꽃다운 나이라는 말이 무서웠다. 꽃은 언젠가, 그것도 생각보다 빠른 시일 내에 지기 마련이니까. 꽃 피는 청춘이 지나고 보내야 할 그 긴 여름과 가을, 겨울 동안 꽃이 진 상태로 살고 싶진 않았다. 계절이 바뀌면 그에 따라 변하는 나무와 산과 들처럼 모든 나이의 나를 사랑하자고, 그에 따라 변하는, 늙어가는 나의 얼굴을 사랑하자고 다짐 비슷한 걸 했다.

처음에는 그 사랑에 그다지 큰 노력이 필요하지 않았다. 20대 때는 친구들과 밤새 떠들다가 언뜻 거울에 비친 내 파안대소를 봐도, 웃으며 생긴 여덟 갈래의 눈주름보다, 밤을 새워 산소 공급이 절실한 다크서클보다 행복해 죽으려고 하는 표정부터 발견할 수 있었다. 표정을 지을 때만 생기는 주름을 스스로 사랑스러워했다. 지금은 거울, 카메라를 본다는 의식 없이 무방비 상태로 내 얼굴과 마주치면 흠칫 놀란다. 혹시 나무와 달리 얼굴은 20대, 30대, 40대… 80대에 따라 다른 아름다움을 지닌 게 아니라 시간이 지날수록 점점 앙상하고 수척해질 뿐이 아닐까?

나는 얼굴형이 오이라 필터 카메라 어플을 쓰면 얼굴이 연필처럼 길어지는 탓에 주로 일반 카메라로 사진을 찍는데, 얼마 전에 자발적으로 스노우 어플을 다시 깔았다. 연필처럼 나올지언정 현생의 내 얼굴보다 스노우로 보는 내 얼굴이 보기에 훨씬 더… '편하기' 때문이다. 언젠가 같이 작업을 했던 아역 배우의 어머니에게 함께 단체사진을 찍자고 권유한 적이 있는데 그는 영정사진도 스노우로 찍을 거라며 일반카메라로 찍는 단체사진에 합류하길 한사코 거부했다. 그때는 몰랐다. 꾸준히 변하는 얼굴 구석구석을 쉽게 받아들일 수 없었던 그의 심정을.

모든 계절의 나무를 사랑하는 것은 쉬운데, 왜 모든 나이의 나를 사랑하는 것은 이다지도 어렵고 노력이 필요한가! 심지어 다른 사람의 노화는 아름답게 바라보면서 (저 아줌마 너무 아름다우시다! 저 할머니 너무 멋지시다!) 왜 나의 노화는 아름다워 보이지 않는가! 나는 내 얼굴에 불만이 있는 게 아니다. 원래는 없던 낯선 것으로서의 주름에 적응해 가는 중이다. 아직 중년도 노년도 아니니 뭐가 그리 자글자글하겠냐만, 내 기억 속에 있는 어린 버전의 나와 달라진 모습이 신경 쓰인다. 자꾸만 달라지는 나를 매 순간 받아들이는 일에는 당연히 노력이 필요한 지도.

얼굴이 예뻐 보이는 것에 그리 관심 없던 시절이 있다. 관심을 갖는다는 것은 시간과 노력, 그리고 돈, 세 박자를 모두 요구한다. 사실 관심이 없었다기보다 관심을 갖기에 그만한 시간과 노력, 돈이 충분치 않았던 시절로 보는 게 맞겠다.

　　10대 때는 지금 공부하면 대학 가서 예뻐진다는 말을 철석같이 믿었다. 귀밑 3센티 단발 규정이 있는 데다 화장도 금지했고, 학생들을 오전 7시부터 밤 10시까지 강제로 잡아두던 고등학교니 인지부조화 탈출을 위한 자발적 세뇌로 봐도 무방하다. 10대의 화장이라면 허연 얼굴과 컴싸로 그린 새까만 눈매에 빨간 입술 밈이 나오던 무렵으로, 모범적인 학생이라면 응당 구리게 다녀야 한다는 분위기가 있었다. '학생답다'는 게 '구리게 다녀야 한다'는 뜻이던가!!! 반발심에 가끔은 토마토 선업크림이나 훼어니스 로션을 바르기도 했지만, 구릴수록 빠르게 두발, 복장 검사를 패스시켰던 학교에서 예뻐 보이려는 노력은 고달픈 일이었다. 그래, 나는 안여치였다. 안경, 여드름, 멸치 고교생.

　　영화과에 막 들어갔을 때는 최소의 생활비 외에 모든 여비를 단편영화 제작을 위해 모아야 했다. 좋아하던 커피집 라떼를 먹고 싶은데 돈을 쓸 수 없는 나 자신이 처량해서 눈물을 또르르륵 흘릴 정도로 생활비를 아낄 때였다. 슬슬 피부과에 다니는 친구도 하나둘 생겼고, 다들 자기 나름대로 화장법도

찾았지만, 난 피부과 시술은 물론이고 기초화장품도 제대로 갖추지 못했다. 제대로 시행착오를 겪지 못한 나보다 요즘 중고딩이 화장을 더 잘한다. 그 나이엔 그대로가 예쁘다는 말도 맞지만, 어릴 때부터 자기 얼굴을 가꾸고 꾸미는 방법을 알아가는 건 절대 나쁜 일이 아니라는 생각이 들 정도로, 그들은 더 이상 컴싸에 빨강 틴트만을 고수하지 않는다.

얼굴 가꾸기에 무관심한 시절이 길어지다 보니 내 얼굴은 돈이든 시간이든 노력이든 점점 투자를 안 한 얼굴이 되어간다. 20대 때는 투자의 차이가 크지 않았지만 다들 30대가 되니 투자할 수 있는 경제적 여유가 생겨서일까? 또래의 반지르르한 얼굴이 나의 모공 송송하고 조금씩 처지는 얼굴과 대조되어 더 매끄러워 보인다.

시간과 노력, 돈이 충분했던 적은 없었고 지금도 없다. 다른 사람들이라고 시간이 남아돌아서, 돈이 넘쳐흘러서, 얼굴에만 관심이 있어서 피부케어를 하고 화장을 하는 게 아닐 테다. 이건 선택과 집중의 문제다. 가장 꽃다운 얼굴을 조금이라도 오래 유지하기를 선택한다면, 하루 종일 업무에 시달리고 집에 돌아와 드러눕고 싶을 때도 정성스러운

괄사 마사지와 꼼꼼한 스킨케어 단계를 밟는 시간을 가져야 한다. 매콤한 음식과 달콤한 디저트가 당기지만 건강한 식단을 챙기는 노력도 소홀히 해서는 안 된다. 여윳돈이 생긴다면 리쥬란과 백옥주사를 맞으시길.

하지만 나는 여전히 피부 관리에 앞서 (어쩌면 의식주를 양보하면서까지) 선택해야 하는 것들이 있다. 그러니 애써 내 노화를 외면하거나, 시간과 돈을 투자하지 않은 내 얼굴을 좋아하기 위해 노력할 수밖에 없다.

사람들은 저마다 다른 이목구비와 얼굴형, 헤어라인을 가지고 그에 따라 모두 다른 외모 고민을 한다. 하지만 주름에 관해선 '최대한 방어해야 한다'는 공통 전제를 두고, 미용을 목적으로 하는 성형외과에서는 주름을 병리학적 질병으로 바라본다.

엄마 친구 찬스로 피부과에 갔을 때, 필러나 보톡스를 원하는 부위에 서비스해 주신다고 했다. 상담 실장님은 이마 주름이 많이 진행됐다며 (주름의 진행…) 이마 보톡스를 추천했다. 보톡스를 맞으면 앞으로 생길 주름도 예방하고 (주름을 예방…) 길어야 6개월이면 효력이 끝난다고 하니 와이 낫? 생애 처음으로 보톡스를 맞았고 그 결과 매우 흡족했다. 눈을 치켜올려도 주름이 잡히지 않는 내 이마는 매끄러웠다. 저비용 고효과! 하지만 일주일쯤 지났을까. 머리로 생각하는 것과 달리 내 눈썹이 자유자재로 움직이지 않는다는 것을 알게 됐다. 영어를 잘해 보이는 것의 80퍼센트는 눈썹의 움직임이라고 설파했던 내가, 짐 캐리처럼 눈썹을 짝짝이로 들어올리며 놀람, 감탄, 의문, 황당 등 다양한 의사 표현을 했던 내가…! 눈썹의 움직임을 잃게 된 것이다.

거침과 울퉁불퉁함을 제거한 매끄러움은 불편함을 밀어내고 '와-'하는 긍정적인 반응만을 이끌어낸다고 어느 철학자가 말했다. 어떤 부정성도, 불편함도 제기하지 않는 무한한 긍정성. 싫어요가 없는 좋아좋아 세상은 우리를 만족의 상태에 가둬버린다고.

변화도 성장도 모른 채 '만족의 상태'에 고여버린 매끄럽게 박제된 나의 이마…! 인체의 신비전에 전시된 모형처럼 팽팽하기만 하고 움직이지 않는 나의 이마를 보니, 근육만 묶인 게 아니라 나와 함께 흐르는 시간도 묶인 것 같았다. 시간이 속수무책으로 흘러가는 것과는 정반대의 두려움. 시간이 멈춰 버린다면 느낄 그런 공포. 다행히(?) 마비된 내 이마 근육은 곧 다시 힘을 찾았고, 나는 지금 의지대로 눈썹과 이마를 움직일 수 있다.

어느 날 친한 약사 아줌마가 자기 미간 주름을 가리키며 공부를 열심히 해서 남은 흔적이라고 했다. 집중하면 자기도 모르게 미간을 찌푸리게 되고, 미간 찌푸리는 것에 신경을 쓰다 보면 공부에 집중이 안 됐다고 한다. 외국 영화를 보면 똑똑한 브레인 역할을 캐스팅할 때, 미간에 주름 있는 배우를 캐스팅한다며 자기 주름을 자랑했다. 주름에 새겨진 기억이 자랑스럽고 사랑스러울 때, 주름을 기꺼이 받아들일 수 있는 게 아닐까 어렴풋이 생각했다.

엄마는 주름 인생 30년 선배로 최대한 표정을 짓지 말라고 한다. 나는 엄마의 얼굴을 들여다보는 상상을 한다. 얼굴에 빨려 들어갈 것처럼 모든 신경을 집중해서. 35년 동안 직장에서 헤드로 일하며 만들어진 강한 여성의 미간 주름, 친구들을 만나면 나오는 짓궂은 소녀가 얼굴을 찡그리며 생기는 콧잔등 주름, 얼마나 웃음이 많은지 내 생각엔 과장이 분명하지만 진짜 중2 때 생겼다는 팔자주름. 엄마 스스로는 그 주름들을 감춰야 하는 것, 가능하다면 펴야 하는 것으로 인식하지만 그 주름들은 가장 박효숙답다. 그래서 고유하고, 독보적이고, 아름답다.

엄마는 나에게 주름 유전자뿐 아니라 대화할 때 성대모사와 표정모사를 하지 않으면 말을 할 수 없는 인자도 같이 물려주었다. 성대모사와 표정모사를 빼놓을 수 없는 나에게 과장된 표정과 그에 따른 다양한 표정주름은 발화의 핵심 요소다. 낮은 역치의 웃음도 그렇다. 팔자주름은 불가피하다. 이 세상에 놀랄 일이 얼마나 많은지, 강조할 점은 또 얼마나 많은지, 놀랄 때마다, 무언가를 강조할 때마다 생기는 이마 주름도, 행복할수록 잘게 갈라지는 눈주름과 이어지는 콧잔등 주름도 행복을 포기할 수 없으므로 피할 수 없다.

나이가 들면 자기 얼굴에 책임을 져야 한다는 말은 구리다. 즐겁고 행복한 표정을 자주 지은 사람이 나이가 들어서도 즐겁고 행복해 보이는 얼굴을 갖게 된다는 말이겠지만, 항상 즐겁고 행복한 일만 있을 수는 없다. 슬프거나 화가 날 때, 나이 들어서의 얼굴에 대한 책임감 때문에 표정을 숨기는 것은 억지스럽다. 내 얼굴에 흔적을 남기는 다양한 표정들은 나를 고유하게 만드는 기억과 시간이라고 인정하는 쪽이 더 자연스럽다.

삶이 원래 그런 것 아닌가. 절대 잃고 싶지 않은 소중한 추억과 잊을 수 있다면 거금을 지불해서라도 지우고 싶은 기억의 범벅. 이미 버무려진 튀김을 다시 바삭한 튀김과 떡볶이로 나눌 수는 없는 노릇이다. 도무지 사랑할 수 없는 기억도 '나 됨'을 완성하는, 빼놓을 수 없는 영역이다.

스노우로 찍은 반질반질한 피부결의 셀카는 보기에 편하고 만족스럽지만, 내 얼굴이 아니다. 받아들이고 싶지 않은 부분을 제거한 얼굴이다. 일부가 제거된 나에 만족하길 반복한다면 본래의 나를 인정하고 사랑하기 어려워질 테다.

이제는 나이가 꽤 들었다고 생각하는 지금. (아닐지도?) 다시 한번 모든 나이의 나를 사랑하자고, 그 나이에 맞게 변하는 나의 얼굴을 사랑하자고 다짐한다. 만족스러운 매끄러움보다 거친 나다움을 선택한다. 꽃다운 나이라는 말을 무서워했던 이유는 인생을 한 번의 사계절이라고 생각했기 때문이었다. 꽃을 피우는 청춘이 지나면 여름과 가을을 지나, 겨울, 죽음에 이르는 단 한 번의 사계절. 계절은 순환하고 인생에서도 꽃피우는 계절을 여러 번 맞이할 수 있다면, 혹은 계절마다 다른 꽃을 피우는 여러 수목으로 이루어진 숲 같은 인생이라면, 지난봄에 피었던 꽃에 집착하지 않아도 될 것이다.

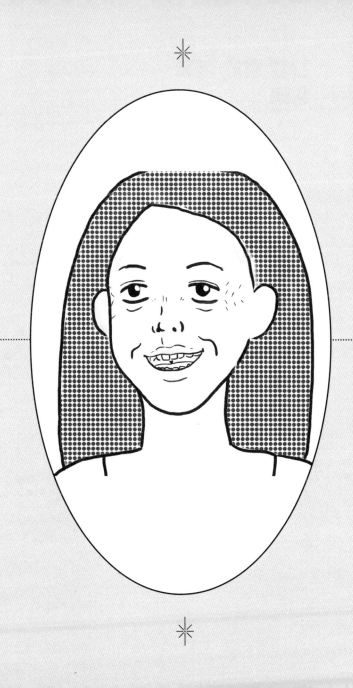

나만 알고 싶은 얼콘

박철현

이럴 줄은 몰랐는데
공대를 졸업하고
무대에서 농담 뱉는 일을
하고 있습니다.

살아오는 내내 거울과 친한 편은 아니었다. 얼굴에 공을 들이는 사람은 태어날 때부터 정해진 사람들이라 생각하며 살았다. 10대 때는 살아있는 사람보다 딱딱한 독서실 책상을 마주할 때가 더 많았던 것 같고, 언젠가 꿈을 이루게 된다면 연구실 같은 데서 두꺼운 책과 마주하는 시간이나 많을 줄 알았다. 십수 년이 지나 지금의 나는 한 번에 백여 명이 모이는 코미디 클럽에서 한 주에 두어 번은 마이크를 들고 무대에 서는 사람이 되었다. 내 얼굴의 쓰임새가 그리될 줄은 몰랐다. 무대에서 수백 명, 영상으로 수백만 명, 그 이상의 사람들 앞에 내놓고 팔아야 하는 얼굴이 되었고, 그 부족함 많은 얼굴을 되려 무기 삼을 수 있는 기묘한 일을 생업으로 삼고 있다. 살면서 내 얼굴에 대해 좋은 얘기를 들어본 적은 없다. 대부분의 좋지 않은 평은 주로 사랑하는 엄마에게 들었던 것 같다. 엄마는 하나뿐인 아들의 얼굴이 원빈이나 송중기 정도는 되었으면 하셨나 보다. 초등학교 시절 납작했던 내 콧대가 마음에 안 드셨던 엄마는 마사지 삼아 내 콧대를 자주 잡아당기셨다. 직접적인 원인은 아니었겠닫만, 사춘기를 지날 때쯤 유난히도 콧등에 여드름이 자주 났고, 10대 내내 내 코는 빨갰다. 다행히도 이제 빨간 코는 사라졌지만, 그 여파로 나는 남다른 코를 가지게 되었고, 그건 내가 무대에 오를 때 오프닝 농담 소재로 쓰곤 한다. 이 대목에서 웃긴 점은 우리 엄마는 나랑 똑같이 생기셨다는 점이다. 원빈을 만들고 싶었던 게 아니라 자신과 똑같이 만들려고 했던 것일까?

　"눈이 생각보다 크네?"
　초등학교 3학년 때 이후로 쭉 안경을 써오다 보니, 안경은 내 몸의 일부가 되었고 자연히 밖에선 안경을 벗을 일도 없다. 그러나 간혹 안경을 닦으려고 벗은 내 쌩눈을 주변 사람들이 보면 대개는 생각보다 크다는 반응이었다. 눈이 크다는 건 좋은 소식이지만 비례해서 얼굴도 커버렸기 때문에 게 다가 평생 안경은 쓰고 살 것 같기에 곱씹을수록 아쉬운 말이다. 눈 나쁘지 말걸. 그래도 어쩔 수 없었다. 아날로그에서 디지털로 전환되는 시기를 살았던 나는 일평생을 TV, 컴퓨터, 핸드폰과 함께했다. 고등학교 때는 하루 열댓 시간을 책상만 보고 있었으므로 눈이 영 멀지 않은 것만으로 나는 감사해야 했다. 스무 살 무렵에는 열 살쯤부터 앓고 있던 녹내장이라는 녀석 때문에 군대에 가지 않아도 된다는 소식을 들었다. 그때부터 사람들에게 눈 때문에 군대를 안 가게 되었다고 하면 내 안경알의 두께를 확인하고, "눈이 많이 나쁘구나…." 라며 안타까워들 해주시는데 한국에서는 시력 나쁜 걸로 군대를 빼주거나 하진 않는다는 걸 잘 모르는 모양이다. 어쩌면 내 얼굴의 유일한 장점일지도 모르는 눈을 한번 드러내 보려고 렌즈 끼던 시절이 있었는데, 괜한 안구건조증만 얻었다. 한번은 운전하다가 눈물이 줄줄 나서 비련의 짝사랑남이 된 기분을 느꼈고 그보다는 사고가 날지도 모르겠다는 생각에 이후로 렌즈는 엄두도 못 냈다. 안경이 벗겨지면 초인적인 능력을 발휘하거나 '존잘남'으로 변모하는 만화의 클리셰 안경캐들처럼 안경이 나의 힘을 봉인하고 있다는 생각으로 살기로 했다. 근데 이제 영원히 봉인되는…. 언젠가 과학기술이 발달하면 안구건조증 유발 렌즈나 라식, 라섹 수술 없이도 내 쌩눈을 세상에 공개할 수 있는 날이 오면 좋겠다. 그때가 와도 머리 크기는 여전할 테니 큰 반전은 없겠지만 말이다.

"안경 벗으면 코도 같이 벗겨지나요?"
내 유튜브 영상에 달렸던 댓글이다. 궁금해하는 사람은 없겠지만 성의껏 대답하자면, 물론 그렇지는 않다. 내 까맣고 두꺼운 안경 아래 자리 잡은 엄마표 코는 언젠가부터 나의 아이덴티티였다. 코미디 공연을 할 때 무대를 여는 소재로 활용도 하고, 재미 삼아 로또 삼아 하는 유튜브 채널명은 아예 <코피디>다. 중학생 때부터 여드름으로 빨개진 코는 무슨 수를 써도 돌아올 생각을 안 했고, "술 마셨냐?", "코 누가 잡아당겼냐?", "루돌프냐?", "산타가 뭐라고 하디?" 따위의 레파토리는 살면서 수도 없이 들었다. 솔직히 말하면 남중, 남고를 다녔기 때문에 그다지 스트레스는 없었다. 오히려 고1 반장 선거 때는 "코뿐만 아니라, 온몸이 빨개지도

록 열심히 하는 반장이 되겠다."라고 출사표를 던졌고, 낙선했던 걸로 기억한다. 나쁜 놈들. 그 정도 했으면 뽑아주지 그랬냐. 아무튼 내 희한한 코는 찰리 브라운의 C자 모양 코 세 개가 합쳐진 모양이다. 어떤 코미디언 형은 나더러 코가 세 개라고 했다. 그 말을 듣고 처음에는 마냥 웃겼고 그다음에는 썩 기분이 좋진 않았다가 또 그다음에는 남모를 뿌듯함이 찾아왔다. 남들은 하나 있을까 말까 한 코가 세 개라니…. 코부자잖아? 볼드모트가 찾아오면 코 한 개쯤은 나눠줄 수도 있겠다고 생각했다. 두 개가 남으면 모양이 좀 이상할 수도 있으니 그냥 두 개를 줘도 될 것 같다. 볼드모트가 이 글을 읽을진 모르겠지만 혹시 본다면 디엠해라.

"입은 왜 이렇게 빨갛고 두껍냐. 혼자 매운 거 먹었냐?"

아마 먹었을 거다. 나는 항상 먹으니까. 그런데 원래 입술은 붉고 두꺼운 편이다. 입술이 누꺼운 건 아빠 쪽 유전자 같은데, 입술이 무거워서 그런지 아빠는 항상 과묵한 편이었다. 나는 아빠와는 다르게 쉴 새 없이 떠들었고, 지금은 말로 먹고산다. 두꺼운 입술과 뒤죽박죽 난 치열 사이로 농담을 뱉는 일을 하는 나는 주로, 내 입의 생김새대로 우리 사회의 두터운 통념을 엉뚱하게 까뒤집으려 한다. 그래도 나는 농담을 뱉을 때 대체로 조심하는 편이다. 말로 흥한 자 말로 망한다고 하지 않던가. 말로 흥해야 하는 직업을 가진 사람이 듣기에는 다소 을씨년스러운 문장이다. 말이 씨가 된다면 말을 뱉는 입은 흙이나 땅 정도 될 수 있을 것 같은데, 나는 내 흙이 좀 고르고 사람들이 좋아라 했으면 좋겠고, 대체로 악담보단 칭찬이 드나들면 좋겠다. 무엇보다 보기에도 비옥하고 윤택하면 좋지 않을까. 그런 연유로 나는 또 먹는다.

가만히 들여다볼수록 나는 내 얼굴이 마음에 든다. 뭐가 딱히 좋아서라기보다는 그냥 이렇게 생긴 걸 서른 넘게 봐오다 보니 익숙하고 편안해진 느낌이다. TV 속 연예인들 얼굴을 보다가 내 얼굴을 보면, 번쩍이는 대도시 서울살이에 지쳐 있다가 고향으로 돌아온 느낌이다. 베일에 쌓인 듯한 눈과 나지막하고 울퉁불퉁한 코, 쓸데없이 붉고 두툼한 입. 이 얼마나 두서없고 안락한가. 여기선 조금 틀려도 될 것 같은 기분이다. 아무에게도 알려주고 싶지 않

지만 언젠가 핫플이 되었으면 싶은 내 얼굴… 역시
'나만 알고 싶은 얼굴'이다.

"가만히 들여다볼수록 나는 내 얼굴이 마음에 든다.
뭐가 딱히 좋아서라기보다는 그냥 이렇게 생긴 걸
서른 넘게 봐오다 보니 익숙하고 편안해진 느낌이다."

엘리베이터 걸

곽민지

서울 용산구 해방촌에 살면서
글을 쓰고 방송 콘텐츠를
만듭니다.
비혼 라이프 가시화 팟캐스트
<비혼세>를 제작하는
해방촌 비혼세이기도 하고,
<걸어서 환장 속으로>,
<아니 요즘 세상에 누가>,
<난 슬플 땐 봉춤을 춰> 등을 쓴
곽민지이기도 합니다.
다 커서 만난 개 김정원과
함께 삽니다.

아파트를 싫어한다. 정확히는 엘리베이터를 싫어한다. 아마 아주 어린 시절부터였을 것이다. 평생을 아파트에 살았는데, 엘리베이터는 어릴 때부터 나에게 자신의 생김새를 의식하게 만든 공간이었다. 엘리베이터 문이 열리고 언니와 내가 들어서면, 엘리베이터 안의 어른은 오디션 프로그램 속 심사위원처럼 빠르게 이 유닛의 외모 장단점을 파악해 냈다. 아주 어린 시절이라 단독으로 엘리베이터에 타기보다는 언니와 함께 타는 일이 많았는데, 닮았으면서도 상반된 외모의 우리는 늘 그들이 한마디씩을 하게 만든 모양이었다.

어른들은 우리기 지미라는 깃을 빠르게 알아보았다. 분명 닮았지만 상반된 이미지인 우리는 "쌍둥이 같네."라는 말도 듣고, "정반대로 생겼네." 하는 말도 들었다. 솔로 멤버로 데뷔했어도 개성파

소리를 들었을 나의 외모는, 하필 듀엣으로 등장하는 바람에 나노 단위로 비교당했다. 늘 언니가 표준이었다. 작지는 않지만 훗날 남성을 위축시킬 정도로는 크지 않아 적당한 키에 하얀 피부, 착해 보이는 인상. 유치원 훌라댄스 때도 빨간 스커트 사이에서 혼자 노랑 스커트를 입고 가운데서 솔로 파트를 배정받았던 확신의 센터상. 그에 비해 나는 까만 피부에 언니보다 키가 크고, 입꼬리가 내려간 데다 늘 심술보가 주머니처럼 달린 투덜이상이었다. 다인원 그룹으로 데뷔했어도 언니는 센터, 나는 '다양성'을 맡았을 얼굴인데 하필 둘이 늘 붙어 다니니 더 대조적으로 보였을 테다.

어른들은 15초 안에 최대한 많은 퀴즈를 맞혀야 하는 스피드 퀴즈 참가자라도 된 것처럼, 엘리베이터에 있는 매우 짧은 시간 동안 우리의 외모에 코멘트를 빠르게 쏟아냈다. 언니는 하얀데 동생은 까무잡잡하네, 동생이 언니 밥을 다 빼앗아 먹나 동생 키가 더 크네 하는 식이었다. 안 그래도 투덜이상인 동생은 엘리베이터가 늘 면접장 같아 거기서만큼은 더 강렬한 투덜이상이 되었다. 나는 피부가 까무잡잡하고, 눈썹이 새카맣고, 키가 또래보다 너무 크고, 잘 웃지 않는 '뚱한' 상이라는 것을 단기속성으로 엘리베이터에서 배웠다. 자연히 엘리베이터에 타는 게 즐겁지 않았고, 누군가와 눈을 마주치거나 대화가 시작되는 게 싫었다. 운 좋게 내게 코멘트하려는 어른의 시선을 피하고 나면, 며칠 내에 엄마에게 한마디를 들었다. "너, 605호 아줌마한테 인사 안 했니? 인사 좀 해라." 데뷔할 마음도 없구만, 등장했다는 이유만으로 심사평을 듣는 것도 서러운데 인성 논란도 생겼다. 나는 똑똑하고, 가리는 것 없이 뭐든 잘 먹고, 어딜 가나 재미있게 말한다는 말을 듣는 어린이지만 엘리베이터에서는 그걸 어필할 기회가 없었다. 쉽게 말해 나는 첫인상이 별로라 데뷔 리얼리티를 찍어줘야만 캐릭터빨로 파이널 생방송에서 살아남을 대기만성형인데, 3초짜리 프로필 티저만 공개된 상태에서 표를 받아야 하는 처지에 놓인 기분이었다.

시대가 바뀌면서 '다양성' 담당 멤버는 이 얼굴 평가의 알량함을 알게 되었다. 우리나라 디비에노까만 피부 여성들이 등장하고, 인터넷의 발달로 세계가 좁아지면서 우리나라 사람들도 다양한 피부톤의 매력을 학습하기 시작했다. 달걀형 얼굴이 각

광받는 나라에 태어났지만, 앞 광대, 옆 광대가 발달한 것이 늘 불만이었던 것도 <도전! 슈퍼모델> 미국 편을 보면서 해결되었다. 흑인인 진행자 타이라 뱅크스는 광대에 집착을 해서, 조금이라도 광대뼈가 부각되는 사진을 보면 "뷰티풀 칙 본(cheek bone)" 하고 호들갑을 떨었다. 내 얼굴에 대한 내 태도도 아름답다는 소속감에서 오는 환희보다는, 미의 기준이란 게 다 돌고 도는 건데 스트레스 받아야 부질없구나, 하는 염세적인 자세에 가까웠지만 아무래도 좋았다. 입꼬리가 내려간 어린 시절의 투덜이상 어린이는 20대가 되면서 노안 칭호를 받아 서러웠지만, 정글 같은 프리랜서 판에서는 나이보다 들어 보이고 성격이 강해 보이는 외모가 유용할 때가 많았다. 동안의 동기들이 현장에서 '어린 여자애' 취급을 받고 분노에 휩싸여 지낼 때, 나는 등장만으로도 불필요한 코멘트를 소거한 채 일할 수 있었다. 이것 역시 커다란 기쁨이라기보다는 회의감에 가까운 안도였다. 내 인상이 일터에서 유용하더라도 그것 역시 편견에 따른 것이며 유독 여성은 외모에 따라 다르게 대우받는다는 공고한 사실을 전제한 것이었으므로 흐뭇할 이유가 없었다.

코로나19 정국에서 뭔들 다행이었겠냐만, 그 고통 속에서도 유일하게 유용했던 것은 엘리베이터에서 얼굴을 드러내지 않아도 된다는 점이었다. 짧은 시간 만나고 스칠 사이에 그렇게 가까이 얼굴을 붙여야 한다는 불편함은 성인이 된 후 가끔 부모님 집 엘리베이터를 탈 때도 마찬가지였다. 이웃이 타면 엄마 곁에서 어색하게 웃어야 하고, 좀 꾸미고 나올 걸 그랬나 신경 쓰게 되었다. 그러던 차에 마스크를 쓰게 되었으므로, 익명으로 내렸다가 익명으로 탈 수 있다는 점 하나는 좋았다.

그러던 어느 날, 친구들과 영화를 보러 가서 유독 더 작은 엘리베이터에 탑승했다. 키가 큰 나는 엘리베이터를 타면 최대한 뒤로 가서 붙는다. 내가 앞에 서면 층 번호가 보이지 않거나 뒷사람이 답답해한다는 것을 알기 때문이다. 커튼처럼 최대한 벽 가까이 가서 등을 붙인 채, 친구들과 몇 층을 눌러야 하는지 이야기를 하고 있었는데 내 앞에 있던 사람이 말했다.

"비혼세님 아니세요?"

순간 엘리베이터에서 짧은 정적이 흐르고, 나는 얼른 맞다고 대답했다. 엘리베이터 안에서 순식간에 웃음이 터졌다. 비혼세는 내가 진행하고 있는 팟캐스트의 제목으로, 비혼자의 삶을 매주 1시간 반에서 2시간 정도 이야기 나누는 오디오 콘텐츠다. 어떻게 알았느냐고 물어봤더니, 여전히 만원 엘리베이터에 있는 상대방은 나와 얼굴을 마주하지 않은 채 "팟캐스트를 매주 들었는데 바로 이 목소리였다."라고 말했다. 우리는 내려서 반갑게 인사를 나누고 각자의 길을 갔다.

만약 내 얼굴을 드러내고 이야기를 나눴다면 그분은 나를 알아봤을까. 물론 호기심에 진행자의 인스타그램이나 기사를 찾아본다면 금방 얼굴을 확인할 수 있지만, 대다수의 청취자는 그렇게 하지 않는다. 우리는 서로 얼굴을 대면하지 않은 채 삶을 이야기하고, 서로의 이야기에 웃고, 화를 내고, 다음 주를 기약한다. 아마 내가 얼굴이 알려진 연예인이었다면 눈으로 보는 이미지가 강력해 부수적으로 따라온 목소리만 가지고서는 신원을 분간하기 어려웠을지도 모른다. 하지만 우리는 얼굴을 건너뛴 사이여서, 얼굴처럼 뚜렷한 개성으로서 목소리와 말투를 인지하고 있어서, 얼굴을 보지 못한 채 등 뒤에서 들려온 목소리를 금방 알아챈 것이리라.

얼굴 없는 팟캐스터에게는 목소리가 얼굴인 셈이다. 나의 목소리를 아는 사람들은 나의 관심사와 성격을 안다. 두 눈으로 보는 순간 곧바로 각인되는 얼굴과 달리, 외모와 성격이 반영될 수밖에 없는 목소리는 목소리로만 만나기 어렵다. 그는 나의 목소리를 알았고, 청취자를 만나면 늘 반가우니 인사해 주면 좋겠다던 나의 이야기를 알았고, 지금 말하면 분명 재미있어하리라는 것도 아마 알았을 것이다. 팟캐스트는 필연적으로 사람들이 혼자 있는 시간을 침투하는 콘텐츠고, 그는 가장 개인적인 공간에서 나의 목소리를 들었으리라. 엘리베이터 특유의 고립감이나 폐쇄감도 팟캐스트를 듣던 혼자만의 어딘가와 비교해 크게 이질적이지는 않았을 것이다. 침 삼키는 소리조차 들릴 것 같아 싫었던 방음실 같은 이동 수단은, 같은 이유로 방음실에서 녹음된 사람의 목소리를 확실히 감별하게 해준 셈이다.

엘리베이터를 싫어했다. 두 쪽 문이 열리면 사람들이 내 얼굴에 집중하는 것이 무엇보다 싫었다. 얼굴 너머의 무엇도 알고 싶어하지 않는 사람들이 얼굴만 가지고 나를 파악하려 드는 게 싫었다. 하지만 얼굴을 제외한 거의 모든 것을 알고 있는 누군가가 나를 알아보, 아니 알아들으면서, 그동안 엘리베이터에 담겼던 여러 개의 나 중에서 가장 마음에 드는 나를 마주했다. 얼굴 없이 만난 우리는 서로의 얼굴을 장벽 삼지 않을 거라는 기쁨과 반가움. 얼굴 너머에서 닿아있는 사이가 나에게 존재한다는 자각.

팟캐스터로 사는 것은 막대한 경제적 보상도 특혜도 없지만, 얼굴을 스킵하고 나를 일상에 들여주는 존재가 있다는 사실은 그 누구에게도 없는 특권이라는 생각이 들었다. 아마 그 경험이 전해준 용기가, 얼굴을 사이에 두고 존재를 마주해야 하는 대부분의 순간에 나에게 어떤 식으로든 변화를 일으키겠지. 누군가를 발견하는 것이 얼마나 지극한 기쁨인지 이해하기에, 나도 당신의 얼굴 너머를 보겠다고 다짐해 본다. 당신에게 주어진 얼굴 뒤에서 당신이 내세우고 싶어 하는 본질에 가 닿으려 애써 보겠다고.

얼굴을 싫어한다. 얼굴의 생김이 아니라 얼굴이 가진 권력을 싫어한다. 영상에 비친 내가 말한 메시지보다 내 얼굴이 어떻게 나왔는지에 집착하게 만드는 권력을 싫어하고, TV에 얼굴이 알려진 유명인이 할 수 있는 연기보다 그가 가진 얼굴에 따라 배역이 한정되고 운명이 결정지어지는 영향력을 싫어한다. 목소리 역시 메시지보다 톤에 집중하기 쉬워 얼굴 같은 면을 가지고 있지만, 4년째 쉼 없이 이야기를 송신하고 수신하는 과정에서 쌓은 우리의 서사가 얼굴을 뚫고 다다를 수 있는 서로의 자리가 있으리라 믿는다. 얼굴에 대해 이야기하고 있지만 얼굴을 제외한 모든 것을 이해받고 싶어 안달 난 사람이 쓴 이 글 역시, 당신의 사적인 공간 어딘가에서 기꺼이 읽히고 있음에 감사하며,

탑승하신 여러분 환영합니다. 올라갑니다.

"누군가를 발견하는 것이

얼마나 지극한 기쁨인지 이해하기에,

나도 당신의 얼굴 너머를 보겠다고 다짐해 본다."

어쩌면 그건
영영
잘 알 수 없는

"앞으로 살면서 언젠가
또 다른 무언가를 얻게 될 나를 상상한다.
획득된 그것은 매 순간 일분일초,
나에게 어떤 감각을 끊임없이 선사하지 않을까."

생긴 건 이렇지만,
속은 여려요

김현경

보이지 않는 것을
보이게 하는 작업을 합니다.

디자인을 하고
종종 글을 쓰고
가끔 그림을 그립니다.

<아무것도 할 수 있는> 엮고,
<폐쇄병동으로의 휴가>,
<여름밤, 비 냄새>,
<오늘 밤만 나랑 있자> 등을
썼습니다.

"실은, 이런 소문이 있었어."

　처음으로 내 얼굴을 진지하게 바라본 건, 고등학교 화장실에서였다. 친구가 말해준 그 '소문'인 즉슨, 내가 중학교에서 큰 사고를 치고 성형 수술을 한 다음에, 집에서 멀리 있는 고등학교에 입학했다는 것이다. 집에서 멀리 있는 학교에 진학한 것은 나를 기숙사 학교에 보내려던 아버지의 욕심 때문이었지, 사고도 성형 수술도 전혀 말도 안 되는 일이었다. 이 이야기를 듣고 화장실에 가 거울을 물끄러미 바라봤다. 내가 어떻게 생겼길래 큰 사고를 쳤을 것 같으며, 성형 수술까지 하고 학교에 입학했을지 말이다. 그때부터 받아들이기로 했다. 나는 꽤 무서운 과거를 가진 것 같은 데다, 성형 수술을 한 것 같은 얼굴을 가졌다는 걸.

　성형 수술, 그중에서도 쌍꺼풀 수술을 했냐는

말을 종종 듣는다. 오래된 친구에게도 최근에 들었다. 나는 기겁을 하며 "아냐, 나 수술 안 했어!" 답하는데, 오히려 이런 반응이 더 이상하게 들릴지도 모른다. 수술한 것 같아 보여도 그나마 얼굴에서 뽐낼 건 두 눈밖에 없다. 아버지와 어머니 둘 다 진한 쌍꺼풀을 가지고 계셔서, 나와 두 동생도 진한 쌍꺼풀을 가지고 있다. 이 눈에 대해서는 성형 의혹 외에도, 이야기를 하다가 "와, 근데 눈 진짜 크다!"는 반응이 들릴 때도 있다.

이 크고 진한 눈은 나와 가족들에게 다양한 에피소드를 선사했는데, 특히나 혼혈인 혹은 외국인이 아니냐는 의혹을 많이 받았다. 아버지는 일터에서 외국인 노동자로 오해를 받았는데, 사장인 아버지에게 어느 관리자가 "저리로 가 있어."라고 해서 순순히 따라갔단다. 그러고는 거기 있던 외국인 노동자들과 대화를 나누다 유유히 돌아오셨다고 한다. 여동생도 어딜 가나 "그런데... 한국인이세요?"라는 말을 듣고, 누군가는 당연하게 "외국에서 멀리 한국까지 와서 고생이 많구만." 하는 반응을 보인다고 한다.

나는 게다가 꽤 검은 피부까지 가지고 있으니

그런 의혹은 더 커질 수밖에 없다. 대학 때에는 4년을 뵌 교수님께서 연구실로 부르시더니 "혹시 어디 출신이지?" 물으셨다. 실은 나의 특이한 영어 발음 때문에 물으신 거였지만, 나는 생김새 때문이라 생각해 거의 울먹이며 "대…대구요…." 답했다. 어렸을 때는 이런 일들이 당혹스러웠지만 이태원에서 놀기 시작한 이후로는 즐기기로 했다. 이태원에 놀러 가면, 많은 이가 당연히 나를 혼혈인, 외국인 혹은 교포 중 하나로 생각한다. 그런 이유로 더 편하게 다가오면, 나는 그러려니 하고 그들이 생각하는 게 맞다고 답하며, 혼혈인 혹은 외국인, 교포인 양 함께 놀곤 한다.

이런 얼굴을 바꾸고 싶었던 적도 있다. 대학을 졸업하고 백수로 지내던 어느 하루는 밤을 꼴딱 새우고 아침이 되었을 때, 내 스스로가 너무나도 못생긴 것 같다는 생각이 문득 들었다. 그래서 아침부터 엄마에게 "나 성형외과 좀 다녀올게. 너무 못생긴 것 같아서."라고 말하고 집을 나섰다. 엄마는 "어…그래. 상담 잘 받고."라고 답을 했던 걸로 기억하는데, 이제 와 생각하면 내가 못생긴 것에 동의를 한 것인지 당황했던 것인지 잘 모르겠다. 어찌저찌 찾아간 성형외과에서는 이렇게 말했다.

"제가 너무 못생긴 것 같아서요. 아무 수술이라도 해주세요."

"네?"

성형외과 의사는 곰곰이 고민하다가 눈에는 할 게 없고, 코 성형도 굳이 하기 애매하다는 답을 내어놓았다. 의사가 못생긴 얼굴을 고쳐줄 명쾌한 답을 내려줄 거라 기대했던 나는, 상담실의 거울을 들여다보면서 내 얼굴의 문제점을 열심히 찾았다. 얼굴에 살이 너무 많은 것 같다고, 변화를 줄 수 있는 방법을 달라 했다. 그러자 의사는 "그건… 살을 빼셔야 해요." 말했다. 나는 '살을 빼야 하는구나.' 하는 큰 깨달음을 얻고 집으로 돌아오는 길 헬스장에 등록했다. 지금 와 생각해 보면 참으로 솔직하고 욕심 없는 의사였다.

그렇게 수술 시도에 실패하고 수술을 한 적은 없지만 시술은 종종 받는데, 자주 받는 시술은 바로 '미간 보톡스'다. 미간에 보톡스를 맞으면 미간을 찌푸릴 수 없게 되는데, 이 시술을 받는 이유는 두 가지가 있다. 먼저, 안 그래도 무섭게 생긴 얼굴을 찌푸리면 사람들이 더 무섭게 받아들일 것 같아서이고, 두 번째는 미간을 찌푸릴 수 없으면 짜증을 낼 수 없기 때문이다. 제 아무리 화가 나는 일이 있어도 고정된 미간은 짜증의 시작인 미간 찌푸리기를 막는다. 실제로 힘이 들어가지 않는 미간 덕분인지는 몰라도 짜증을 내는 일이 많이 줄었다. 평소 화가 많아 보이는 지인들에게 이 미간 보톡스를 추천하곤 한다.

나이가 들고 살이 찌면서 사나워 보이는 인상은 꽤 무뎌진 것 같지만, 어쨌거나 꽤 무서운 인상을 여전히 가지고 있다고 생각한다. 이런 인상은 새로운 모임 어딜 가나 '처음에는 다가가기 무서웠지만, 알고 보니 순한 사람이었다.'라는 반응을 듣게 만든다. 처음으로 내가 무섭게 생겼다는 걸 자각한 고등학교 때에도, 나는 주변에 앉은 학생들에게 마이쮸 같은 걸 하나씩 쥐어 주며 친구가 될 수 있길 바랐다. 그때마다 친구들은 "에?" 하며 내 행동에 놀랐고, 단지 친해지고 싶다는 선량한 의도를 가진 나도 당황했다. 대학에 가서도 마찬가지였고 사회에 나와서도 마찬가지였다. 그래서 새로운 모임에 가서 나를 어려워하고 무서워하는 사람이 있을 때마다 말하고 싶다.

"생긴 건 이렇지만, 속은 여려요, 저."

여리다고 스스로 표현하는 것이 옳은 일인지는 잘 모르겠으나, 이러한 생김새에 비하면 여린 편이지 않나 생각한다. 화려하고, 정통 한국인처럼은 생기지 않은, 성형한 듯한, 첫인상이 사납게 생긴 얼굴을 가진 사람으로 사는 건, 고등학생 시절 말도 안 되는 소문이 돌았던 것처럼 지금도 사람들에게 여전히 편견을 준다. 우리 집 강아지는 낯선 사람을 그리도 싫어하는데 길에만 나가면 사람들이 "에구, 착하게 생겼네." 하며 만지려 한다. 그때마다 "만지면 물어요." 말하면, "얘가요? 이렇게 착하게 생겼는데?" 답한다. 그에 비하면 나는 물지도 않고, 그 어디도 아닌 대구에서 태어나 자랐으며, 처음 보는 친구에게 마이쮸를 건네는 따뜻한 사람인데 여러 의혹을 받다니 참으로 억울할 노릇이다.

나이가 들면 얼굴에 성격이 보인다던데, 그 말이 사실이라면 얼굴이 얼마나 변할까 궁금하기도 하다. 얼마나 더 나이가 들면 처음 보는 사람들이 나를 무서운 인상으로 안 볼 수 있을까. 언젠가는

나도 누군가에게 첫인상부터 편하게 보이는 사람
이 될 수 있을까.

"나이가 들면 얼굴에 성격이 보인다던데,
그 말이 사실이라면 얼굴이 얼마나 변할까
궁금하기도 하다."

....

정면 사진을
찾다가

김철홍

이 글 저 글 쓰다가
영화 평론가가 되었고,
그 뒤로도 이 글 저 글 씁니다.

자화상을 그려 보려고 사진첩을 뒤적거리다 정면으로 찍은 사진이 없다는 사실을 발견한다. 언제부터 없었을까. 언제부터 없었을까 라는 말은 이상하다. 마치 원래는 있었던 것처럼. 마치 나라는 사람은 원래 정면 사진을 잘 찍었던 사람인 것 같은 말이다. 그러니까 정면 사진을 찍는 걸 좋아했던 예전의 내가 살고 있었는데, 어느 날 갑자기 그러지 않기로 결심했다는 것 같은 느낌이다. 적고 보니 그럴싸하긴 하다. 사람의 성향엔 원래란 건 없으니까. 원래 내향인 없다 생각하고, 원래 외향인 없다 생각한다. 당연히 정면 사진 안 찍는 성향도 원래부터 그랬던 것은 아닐 것이다. 과거 어떤 날에 일어난 한 사건이 날 이렇게 만들었을 것이다.

중학생 때였다. 학교 쉬는 시간이었던 걸로 기억한다. 나는 당시 학원을 같이 다니며 친해진 친구 둘과 이야기를 나누고 있었고, 대화 주제는 관상이었다. 평소 관상에 이렇다 할 관심을 갖고 있지는 않았지만, 뭔가 흥미로운 내용이 나와서 친구 둘이 하는 대화를 듣던 중이었다. 정확히는 친구 Y가 H의 관상에 대해 얘기해 주고 있었던 것이고, 더 정확하게 말하면 Y는 자신이 직접 H의 관상을 풀이했던 것이 아니라, 자신이 아는 관상가가 H의 관상에 대해 말했던 것을 다시 H에게 전하고 있었던 것이었다.

　　뭐가 이리 복잡한가 싶겠지만 상황은 이 사실 하나만 알게 되면 심플해진다. Y가 아는 관상가가 바로 Y의 어머니였다는 사실이다. 물론 Y의 어머니가 어느 정도의 수준을 가진 관상가인지는 잘 알지 못했다. 정말 용하고 유명한 프로페셔널 관상가인지, 아니면 그저 취미로 사람 얼굴을 들여다보는 애호가 수준이었는지는 지금도 모르고 그때도 묻지 않았다. 그냥 믿었기 때문이다. 지금의 나는 관상을 포함한 남의 말을 쉽게 믿지 않는 사람이 되었지만, 원래의 나는 그런 사람이 아니었던 것이다. 그런 사람이 아니었으므로, 당연히 Y 엄마의 실력에도 의문을 품지 않았다. 내 친구가 자신의 엄마가 손금을 볼 줄 안다고 말했으면 그녀는 손금 전문가인 것이고, 관상을 볼 줄 안다고 했으면 그녀는 곧 관상가인 것이었다.

그때는 그런 때였다. 학급에 떠돌아다니는 모든 이렇대저렇대에 귀가 기울여지던 때. 아니 귀뿐만이 아니라 몸뚱어리 전체가 나도 모르게 움직여 버리던 때. 신경 쓰지 않는 척, 아무런 영향을 받지 않는 척했지만 사실은 전부 신경 쓰였던 때. 그리고 그걸 다 믿었던 때. 뭐든지 믿을 준비가 되어 있으니 누군가 나에게 세상 모든 진실을 들려주기만을 기다리고 있었을 때. 아니 기다릴 뿐만이 아니라 두 팔 벌려 찾아 나설 때였다. 누군가가 내 미래에 대한 힌트를 알려주기를 바라는 마음으로 말이다. 그러니 그때 Y가 H의 관상에 얽힌 고급 정보들을 조심스레 누설해 주고 있고, H가 어딘가에 비밀스레 적혀 있었던 것 같은 자신의 미래 이야기를 스포일러 당하며 너무나 짜릿하다는 표정을 짓고 있는 모습을 보았을 때, 그 대화를 나는 그냥 지나칠 수가 없었던 것이다. 지금 생각해 보면 그냥 지나쳤어야 하는 그 대화를. 그러나 그때는 알 수 없었다. 그때 Y로부터 들은 어떤 말이, 내 인생을 바꾸게 될 줄은. 아니 사실 인생까지는 오버고, 내 사진첩을 바꾸게 될 줄은 정말 몰랐다.

아무것도 모르는 순진한 표정으로 이야기를 듣고 있던 내게 Y가 조심스레 말을 건넨다. "사실 엄마한테 너 사진도 보여줬었어." 순간 내 사진을 어째서 보여준 것인지 의문이 들기는 했지만 큰 의미는 없었다. Y 입장에서도 엄마의 관상 능력이 흥미로웠겠거니 했다. 신기하니까 동네방네 알고 지내던 모든 친구의 얼굴 사진을 신나서 엄마 눈앞에 들이댔을 Y의 모습이 그려지기도 했다. 특히 나 정도면 그 시기에 Y와 꽤 가깝게 지내는 사이였으니, 나름 앞 순번으로 어머니를 알현했을 거라고도 생각했다. 그런 생각이 드니 가슴이 뛰기 시작했다. 드디어 내 미래를 알 수 있는 것이구나 하면서. 그렇지만, 다시 한번, 신경 쓰지 않는 척, 아무런 영향도 받지 않는 척하며 담담하게 Y에게 물었다. "그래? 뭐라고 하셨는데?" 그런데 이 타이밍에 밝히는 이 이야기의 반전은, 그때 내가 Y로부터 아무 말도 듣지 못했다는 것이다.

우리의 대화가 거기에서 멈췄던 건 아니다. 나는 Y로부터 무슨 말을 듣기는 들었다. 그 내용에 내 관상 이야기가 포함되어 있지 않았을 뿐이다. 내 질문을 들은 Y는 갑자기 난처한 기색을 보이더니 이렇게 답했다. "아무래도 안 알려 주는 게 좋을 것 같다."라고. 답답한 마음에 몇 번이고 그냥 알려주라고, 괜찮다고 떼를 썼던 나였지만 Y는 단호했다. 겉으로는 고민스러운 척, 미안한 척했지만 끝까지 입을 열지 않았다. 바로 그 단호함이 나를 더 찝찝하게 했다. 대체 내 관상이 얼마나 안 좋기에 그렇게 단호했던 것일까. 내 관상은 단명할 관상이었던 것일까? 아니면 대역 죄인이 될 관상이었을까? 그것도 아니면 혹시 Y의 어머니는 내 마음속에 잠재된 악의 씨앗을 목격했던 것은 아닐까?

　　너무 찝찝했다. 나쁜 생각들이 한 중학생의 머릿속에서 무한히 꼬리잡기 놀이를 하며 이어졌다. 그 뒤로도 꽤 오랫동안 살면서 고백할 수 없는 크고 작은 나쁜 짓을 저지를 때마다, 나는 내 엄마의 얼굴 대신 얼굴을 알지도 못하는 Y 엄마의 얼굴을 떠올리곤 했다. Y 엄마는 내가 이런 짓을 할 줄 알았던 거구나 하면서 말이다. 바보 같지만 Y에게 이 사실을 말한 적은 없었다. Y와는 고등학교까지 같은 곳을 다니며 종종 농담을 나누던 사이였지만, 한 번도 그날에 대한 대화를 한 적은 없었다. 나는 어느 날 이젠 더 이상 관상을 포함한 별자리, 혈액형, 사주, 타로, 굿, 미신 등의 비과학들을 믿지 않는 사람이 되었지만, 여전히 가끔씩 그날을 떠올리곤 한다. 솔직히 내일 당장 Y가 내게 그때 차마 발설하지 못한 나의 관상을 말해준다 하더라도 아무런 감정 변화가 없을지도 모른다. 그러나 아직도 궁금하기는 하다. 내 얼굴에 관한 진실이 무엇이었는지. 그녀는 내 얼굴에서 과연 무엇을 본 것인지.

이날 이후 김철홍은 정면 사진을 잘 찍지 않게 됐다고 말하는 것은 다소 억지일지도 모른다. 그러나 철홍 당사자로서는 이 사건 외엔 다른 이유를 떠올릴 수 없다. 인과 관계는 명확하지 않지만, 두 가지 사실은 확실히 존재하니 말이다. 그날 나의 얼굴 사진을 관상가가 봤다는 것과, 내가 정면 얼굴 사진을 잘 찍지 않는다는 사실.

사실 정면 사진이 아예 없는 것은 아니다. 있긴 있는데, 그건 전부 애인과 찍은 것들이다. 애인이 나를 찍어준 거 말고, 애인과 나란히 서서 찍은 사진들이다. 난 애인이 여기 좀 보라고 해도 카메라 정면을 잘 쳐다보지 않는다. 잠깐 보긴 보지만 이내 어색해져서 좌우상하 허공을 쳐다보거나, 이상한 행동을 한다. 갑자기 아무 곳으로 달려가는 것을 가장 애용한다. 그런 내가 애인과 함께 사진을 찍을 땐 카메라를 똑바로 바라본다. 똑바로 바라보고 있는 나를 내가 똑바로 바라봐보니 깨달은 것은, 지금 내가 본 이 얼굴은 나를 좋아해 주는 사람이 없었으면 보지 못했을 얼굴이라는 것이다. 나를 확실히 좋아해 주는 사람과 함께일 때 나오는 얼굴. 내가 단명하든, 대역 죄인이든, 내면에 악의 씨앗을 갖고 있는 사람이든 나를 좋아해 줄 사람이 나의 바로 옆에 있을 때 볼 수 있는 얼굴. 다시 한번, 그날의 찝찝함과 오늘의 미소는 아무런 상관관계가 없을 지도 모른다. 다만 확실히 존재하는 얼굴이 여기에 있다. 이 새로운 얼굴을 그 사람에게 보여주고 싶다. 그리고 또다시, 관상은 안 듣고 싶다. 그 사람의 말과 관계없이 나는 내 인생을 살아냈고, 그런 나의 얼굴을 좋아해 주는 사람을 만났으니 말이다.

"똑바로 바라보고 있는 나를 내가 똑바로 바라봐보니
깨달은 것은, 지금 내가 본 이 얼굴은 나를 좋아해 주는
사람이 없었으면 보지 못했을 얼굴이라는 것이다."

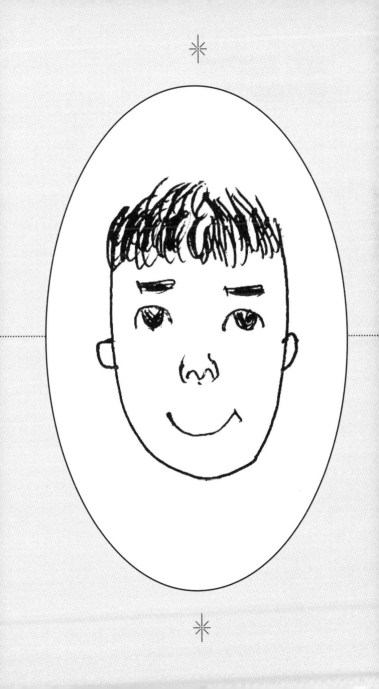

닮지 않았지만
닮았습니다

이보람

책방에서 매일 책을 소개하고,
종종 글을 쓰고,
간혹 책도 만들지만
무엇도 되지 못한 사람.

의사가 엄마의 사망선고를 내렸다. 시신은 중환자실에서 바로 지하 안치실로 옮겨졌고 가족들은 애도할 시간도 없이 급하게 장례식장을 정하고 화장터를 예약해야 했다. 상조회사에 전화를 걸고 담당자에게 진행사항을 전달받고 곧이어 모바일 부고장이 나왔다. 어느 단체의 소속이 아닌 혼자 책방을 꾸리고 있는 나는 부고를 어디에 올려야 할지 몰라 잠시 고민하다가 책방 공식 인스타그램에 부고 소식을 전했다. 엄마의 명복을 빌어달라고. 인스타그램 특성상 사진을 같이 올려야 하니 모바일 사진첩을 뒤져 엄마의 사진도 몇 장 같이 올렸다. 그중 한 장은 엄마와 내가 머리를 맞대고 활짝 웃으며 찍은 사진이었다. 불과 두 달 전 동네 공원으로 산책하러 갔다가 찍은 것이었다. 인스타그램을 본 친구들이 다른 친구에게, 그리고 또 다른 친구에게 부고를 전해주었다. 연락을 나눠준 친구들 덕분에 많은 사람이 조문을 와주었고 엄마의 마지막 길을 외롭지 않게 지킬 수 있었다. 주변에 고마운 사람이 많아서 인복이 많다고 자주 느끼지만, 화환을 보내고 연락을 주고 직접 찾아와 주는 친구들이 이날만큼 고마웠던 적은 없었다. 일 년여가 지난 지금도 그 고마움을 잊지 않고 나도 언제든 이들에게 도움이 되는 사람이고 싶다 생각한다.

첫째 날도 둘째 날도 친구들이 지하 장례식장으로 내려와 엄마에게 절을 하고 국화꽃을 헌화하고 향을 피웠다. 검은 상복을 입은 내가 옆에 섰다가 감사 인사를 했다. 얼마 전에 본 친구도 몇 년 만에 보는 친구도 미지근한 육개장 그릇을 앞에 두고 마주 앉아서 이런저런 이야기를 주고받았다. 한 친구가 말했다.

"인스타에 올린 사진 보니 보람님이 엄마를 많이 닮았더라."

아, 그런가. 실제 사진 속 둘은 검은 눈동자가 복붙이라도 한 듯이 똑같았고 하얗게 빛나는 피부 톤도 닮아있었다. 왜냐하면 같은 보정 필터를 쓴 사진이니까. 엄마랑 둘이 자동으로 필터가 씌어지는 사진촬영 어플로 사진을 자주 찍었다. 빨간 볼이 빵빵하게 부풀어 올라 어려 보이는 사진도 있었고 턱수염이 난 남자처럼 찍히는 사진도, 후드티를 뒤집어쓴 사진도 있었다. 웃긴 사진, 귀여운 사진, 뽀샤시하게 찍힌 사진 등 엄마랑 찍은 사진 모두 그 사진촬영 어플로 찍은 것이었다. 내가 웃으며 답했다.

"원래 나는 엄마 안 닮았는데 같은 필터를 써서 닮게 나온 거예요."

굳이 그렇게 답했다. 나도 친구들의 부친상, 모친상 조문을 가면 부모님 영정사진을 보고 인물이 좋다, 인상이 좋다, 누구를 닮았다며 친구에게 위로의 말을 전한 적이 있기에 내가 엄마를 닮았다는 그 친구의 말도 실제는 별로 닮지 않았는데 으레 하는 말이라고 생각했다. 그런데 이후에 온 다른 친구도, 또 다른 친구도 같은 말을 했다. "보람님이 엄마를 닮았네요." 같은 필터를 써서 닮았다는 나의 말이 농담은 아니었다. 그 이유는 난 지금까지 살면서 엄마를 닮았다는 말을 들어본 적이 거의 없으니까. 난 엄마가 아니고 아빠 붕어빵이고 아빠 판박이다. 나의 최초 사진이라 할 수 있는 백일 사진을 보면 내가 봐도 놀라울 정도로 이건 그냥 아빠 그 자체이다. 어떻게 여자 아기 얼굴에서 성인 남자 얼굴이 나오는지 '유전자의 신비'라고 밖에는 설명이 안 된다. 커가면서 찍은 사진에서도 강력한 유전자의 힘을 느낄 수 있다. 눈두덩이가 두툼한 작은 눈, 긴 얼굴… 와중에 아빠의 오똑한 코는 닮다 말아서 나는 코가 낮고, 와중에 아빠의 날렵한 턱은 닮다 말아서 얼굴형이 길면서 넙데데하다. 스무 살 겨울방학, 쌍꺼풀 수술을 위해 딸내미를 자가용으로 병원에 데려다주던 아빠가 막내딸 얼굴에 칼을 대는 게 영 마음에 걸린 건지 내내 표정이 좋지 않다가 "엄마 눈이 이쁜데 네 엄마를 닮지 그랬어." 안타까운 듯 운전석에 앉아 중얼거리던 아빠의 뒷모습이 떠오른다. 아빠는 외꺼풀에 작은 눈인데 반해 엄마는 겹쌍꺼풀에 깊은 눈매를 가지고 있었다. 누가 봐도 이쁘다고 느낄만한 엄마의 눈. 이모 말에 의하면 엄마가 젊었을 땐 그 시절 당대 최고의 여배우를 닮았다는 말을 자주 들었다고 한다.

"네 엄마 머리 묶으면 배우 고은이, 머리 풀면 배우 문희 닮았다 그랬어."

60년대에 활동한 두 배우의 사진을 찾아보니 엄마가 그 시절 얼마나 아름다웠을지 상상이 간다.

요즘 배우로 따지면 전지현도 닮고 송혜교도 닮은 절세미인이란 말이지. 나도 엄마처럼 큰 눈을 갖고 싶어서 어린 시절 성형수술도 했지만 쌍꺼풀 수술은 성공적이지 못했다. 결국 내 눈은 엄마도 아빠도 닮지 않은 눈이 되었다. 아무튼 내 얼굴엔 엄마의 유전자가 없고 어렸을 때부터 아빠 붕어빵이란 소리만 듣고 자랐으니 난 엄마를 닮았다는 생각을 한 번도 한 적이 없었다. 근데 엄마 장례식장에 있던 이틀 동안 내가 가장 많이 들은 말이 '내가 엄마를 닮았다'?

뭐, 엄마를 닮긴 닮았지. 어디가 닮았냐 하면 검지 발가락이 닮았다. 엄지보다 긴 검지 발가락. 보들보들한 살성도 닮았다. 그리고 식성. 엄마도 나도 과일이나 간식으로 먹을 만한 달달한 것들을 좋아한다. 둘이 나란히 앉아서 주전부리를 먹으며 TV를 보는 게 일상이었다. 요 몇 년 동안은 같이 트로트 오디션을 즐겨 봤다. 엄마랑 같은 장면에서 깔깔대고 같은 장면에서 감탄했다. 무엇보다 성격이나 성향이 참 닮았다. 다른 식구들은 외향적이고 에너지가 넘치는 활동을 즐기지만, 엄마와 나는 내향적이고 조용한 편이다. 야외활동보다는 집에서

하는 활동을 좋아한다. 책을 읽는다거나 TV를 본다거나. 친구도 만나지 않는 내향적인 청소년 막내딸을 위해 엄마는 만화책을 빌려주고 책을 사다 주었다. 늘 바쁜 엄마였지만 엄마는 언제나 나의 가장 친한 친구였다. 같이 실뜨기를 하고 같이 뜨개질을 했다. 나는 엄마 껌딱지였고 엄마바라기 딸이었다. 좀 과장하자면 영혼의 단짝이랄까. 이렇게 생각해 보니… 닮았네. 평생을 보고 살아왔는데 내가 어떻게 엄마를 닮지 않을 수 있겠어. 얼굴엔 눈코입만 있는 게 아니고 특유의 분위기와 표정이 있는데, 당연히 엄마를 닮았겠지. 좋아하면 닮는다는데 엄마는 내가 세상에서 제일 좋아하고 사랑하는 사람인 걸.

엄마랑 같이 재미있게 본 드라마 '이상한 변호사 우영우'를 종종 다시 본다. 아 '이 장면에서 엄마랑 엄청 웃었는데….' 하면서 나 혼자 TV를 본다. 너무 보고 싶고 그리운 친구지만 지금은 만날 수 없으니 그저 "엄마 우리 나중에 하늘나라에서 만나요."라는 말밖에는 할 수 없다. 다만 걱정이 하나 생겼다. 몇십 년 후에 하늘나라에서 엄마를 만났는데 내가 너무 늙어서 내 늙은 얼굴을 엄마가 못 알아

보면 어떡하나 그게 걱정이다. 어쩌면 엄마보다 더 늙은 얼굴을 하고 있을 텐데 본인보다 더 늙은 딸을 보고 이쁜 막내딸이라며 맞아주려나 쓸데없는 걱정을 한다. 하지만 엄마와 난 영혼의 단짝이고 얼굴보다 영혼이 닮은 사이니까 아무리 시간이 많이 흐르고 내 얼굴이 변해도 엄마는 나를 단번에 알아보겠지? "엄마"하고 부르면 "애야. 이보라미~" 하며 꼭 안아주겠지? 뽀샤시 사진을 찍을 때처럼 우리는 머리를 맞대고 웃을 거야. 모르는 사람이 우리를 보고 "엄마와 딸인가 봐. 닮았네." 할지도 몰라. 엄마를 꼭 닮은 막내딸이 엄마와 재회할 날을 기다리고 있다는 것을 멀리 있는 엄마도 알았으면, 그랬으면 좋겠다.

"다만 걱정이 하나 생겼다.

몇십 년 후에 하늘나라에서 엄마를 만났는데

내가 너무 늙어서 내 늙은 얼굴을

엄마가 못 알아보면 어떡하나 그게 걱정이다."

너도
이 느낌을 아니

박이선

문화연구를 전공하고,
여러 문화현상 중 특히 게임을
둘러싼 것들을 연구합니다.
사람들이 일상과 게임 사이를
어떻게 오고 가는 지에 관심이
있습니다.
사람들과 나눈 이야기가
게임을 연구할 때의
가장 중요한 자료입니다.

얼굴에서 가장 중요한 부위는 어디일까? "다른 감각은 모두 잃고 단 하나를 남긴다면 무엇을 선택할 거야?" 그럴 때면 고민 없이 '시각'이라고 말한다. 나에게 눈은 다른 감각까지 포함하는 상위 감각 기관과 같다. 나는 눈으로 소리를 듣기도 하고, 뜨거움과 차가움의 온도를 느끼고, 향기와 쿰쿰한 냄새를 구별하기도 한다.

인간이 인식하는 정보의 70%가량이 시각에서 온다고 한다. 실제로 눈은 뇌의 일부분이다. 태아의 신체 형성 과정에서 뇌의 일부분이 밖으로 나와 동그랗게 감싸진 것이 눈이라고 한다. 뇌와 직접적으로 연결된 눈은 나에게 세상이 무엇인지 즉각 인지시킨다. 지금 내 앞에 굴절되어 들어오는 빛이 내겐 세상이다.

눈은 단순 감각기관으로 그치지 않고 사람의

인상을 크게 좌우한다. 그 인상이란 눈 그 자체가 아닌, 그 눈을 덮은 주변부로부터 결정된다. 눈꺼풀과 같은 덮개, 골격, 살의 위치와 탄력성이 나의 얼굴을 결정하는 중요한 요소라는 것이다. 쌍꺼풀, 눈머리, 눈꼬리, 애굣살과 같은 언어는 그러한 주변부를 지칭하는 말이다.

쌍꺼풀이 있는 눈은 '이국적인' 이미지를 주고, 홑꺼풀은 '동양적인' 인상을 주며 인종에서 기원한 외모 수사를 만든다. 눈꼬리가 하늘을 향하면 날카로운 성격, 밑으로 처져 있으면 착해 보인다며 눈의 모양은 곧 성격으로 이어진다. 눈 밑 지방은 단어 자체에 '애교'라는 말이 들어간다. 눈의 아래 모양은 태도를 뜻한다. 이 '살'의 차이가 나라는 사람의 인상을 만들기에 많은 사람이 눈이라는 부위에 집착하고, 살의 생김새를 후천적으로 변화시키는 풍조가 생겼을지 모른다.

'얼굴'은 다른 사람이 봄으로써 '인상'이 되고, 미의 기준이 더해지면서 '외모'가 된다. 얼굴, 인상, 외모. 비슷한 말이지만 이 단어들은 점차 외부 층위로 이동한다.

나의 눈은 홑꺼풀이었다. 눈두덩이가 통통하고 밋밋한 채로 세상에 태어났다. 어렸을 땐 눈이 옆으로 쭉 찢어졌었다. 가족 사진첩을 열어보면 항상 불쾌한 표정을 짓고 있는 것 같다. 어딘가 억울하고 심통이 난 인상 같기도 하다.

살면서 큰 지장은 없었다. 오해를 살 정도는 아니었고, 외모에 자각이 생기기 전까지는 별다른 생각이 없었으며 사회적 시선도 느껴지지 않았다. 딱히 못생겼다거나 예쁘다는 말을 듣지 않는 평범한 얼굴. 그냥 그런 얼굴이었다.

나는 문득 쌍꺼풀이 가지고 싶어졌다. 주변 영향을 받은 것이다. 긴 방학이 지나고 얼굴이 달라져서 돌아온 친구, 갑자기 순대처럼 퉁퉁 부은 눈으로 실밥과 함께 등교한 친구, 부모님이 졸업 선물로 쌍꺼풀 수술 해준다며 자랑했던 친구. 이런 친구들이 주변에 속속들이 생겨났다.

'저것은 좋은 건가? 왜 다들 저것을 가지려고 할까, 가지면 기분이 좋아지는 걸까?' 눈에 겹이 있으면 좋은 거구나 싶었다. "그럼 나도 얻어보자." 나 역시 눈의 덮개에 겹을 만들기로 했다. 그래도 수술대 위에 올라가고 싶지는 않았다. 무섭기도 했고, 십 대의 나이로 칼과 마취제를 통해 의사에게 어떠한 주문을 하는 일은 너무 큰 결단이란 생각이 들었다.

쉽게 얻을 순 없을까? 나는 어머니의 눈을 봤다. 왠지 모르게 예감이 좋았다. 짙은 쌍꺼풀을 가진 큰 눈에 유독 갈색빛인 머리카락. 지금으로선 미의 기준에 부합한 편이지만 어머니는 어린 시절 동네 사람들 사이에서 놀림을 받았다. 언젠가 나에게 어릴 적 자신의 별명이 혼혈아를 낮잡아 부르는 단어였다는 이야기를 원망 섞인 투로 하던 어머니다. 반세기가 지난 지금 사람들이 그 형태를 돈을 주고 얻는 것을 보면 아이러니하다.

나는 어찌 된 연유인지 어머니의 유전적 형질을 고스란히 물려받지 못했다. 그래도 한번 비벼볼 가능성은 있었다. 내 피부밑에는 쌍꺼풀이 있을지도 모른다는 기대감이 부풀어 올랐다.

눈을 키워보자. 나는 아침마다 집을 나서기 전 거울 앞에 섰다. 십여 분간 머리핀으로 눈꺼풀에 선을 그었다. 가장 먼저 쌍꺼풀을 만들고자 하는 한쪽 눈을 감는다. 눈머리 부분의 속눈썹에서 0.5cm

떨어진 지점을 핀으로 누른 다음, 감았던 눈을 살며시 뜬다. 핀을 아직 떼지 않은 상태에서 눈을 거의 다 뜰 때쯤 눈꼬리 지점을 향해 핀을 살며시 이동시키면, 임시적인 겹이 형성된다. 일회용 쌍꺼풀이 탄생한다.

한 번의 시도로는 겹이 유지되지 않기에 이 수행은 반복을 필요로 한다. 눈꺼풀이 꽤 따끔거린다. 원하는 목적을 이루기 위해선 고통이 뒤따르기 마련, 아픔을 견디면서 계속한다. 점차 쌍꺼풀은 쉽게 없어지지 않고 긴 시간 선을 유지한다.

눈꺼풀은 피부에서도 예민한 정도가 큰 부위다. 날카롭게 찌르는 핀의 고통은 눈물이 날 정도로 아팠다. 대체할 다른 방법을 찾아도 봤는데, 당시 유행하던 '쌍테', 즉 쌍꺼풀 테이프도 붙여보고, '쌍액', 즉 쌍꺼풀 액도 발라봤다. 쌍꺼풀 테이프는 공장에서 꺼풀의 모양이 틀로 찍혀 생산된 반투명 스티커다. 스티커를 눈 위에 붙이고 눈을 뜨면 그대로 피부가 접히는데, 그 모양새는 기성화 된 것이다. 쌍꺼풀 테이프가 만들어 낸 눈은 내가 원하는 각도도, 크기도 아니었다.

나는 눈물샘 가까운 부분의 라인이 트여있는

눈을 가지고 싶었다. 이런 눈을 미용 용어로 '아웃 라인'이라고 부르는데, 아웃라인 쌍꺼풀은 눈을 크게 하고 시원하며 이국적인 인상을 준다. 쌍꺼풀 테이프로는 아웃라인을 만들기 어려웠다.

반면 쌍꺼풀 액은 테이프와 다르게 풀처럼 끈적한 액체다. 눈두덩이에 액체를 펴 발라 피부끼리 접착하는 방식이다. 하지만 접착제 성분이 냄새가 고약했다. 피부를 강제로 붙이니 살이 늘어나는 기분도 들었고, 무엇보다 거울에 비친 내 모습이 너무 웃겼다. 차가운 아이스크림에 붙은 혓바닥같이 모양이 어색했다. 가끔 끈적거리는 풀 사이로 먼지가 묻어 눈꺼풀 위에 거무튀튀한 선이 그려지기도 했다.

초록색 녹말 이쑤시개도 써봤는데, 이건 진즉 포기하고 끝이 뭉툭해서 아프지 않은 핀을 찾아 썼다. 매일 아침 거울을 보며 뭉툭한 핀으로 선을 그었다. 내 눈의 모양을 직접 디자인한다. 눈을 부릅떠서 고정하고, 풀리면 다시 선을 그리길 몇 주. 핀의 도움 없이도 피부의 접힘이 유지되기 시작했다. 눈을 질끈 감아도 없어지지 않는, 쌍꺼풀이라고 불리는 영구적인 겹이 생겼다.

나의 인상은 180도 바뀌었다. 어머니의 얼굴과 가까워졌다고 보는 게 좋겠다. 눈이 예쁘다는 말도 듣고, 인상이 착해 보이는 것도 같고, 표정이 더 극적으로 보이기도 했다. 여러모로 편리해졌다. 가만히 있어도 얻는 것이 생겼고 감정 표현에 적은 힘이 들었다.

그런데 평생 느끼지 못했던 감각을 안고 살게 됐다. '피부가 들린다'는 느낌이다. 눈을 뜰 때마다 살이 또르르 접혀 들어가는, 눈꺼풀이 한 겹 접혀서 안으로 말려들어가는 이 기분은 10년이 지난 지금도 여전히 매 순간 눈을 뜰 때마다 감각된다. 눈이 커졌기 때문에 눈동자가 공기에 더 많이 노출되어 화하고 차가운 느낌이 든다. 도무지 무뎌지지 않는다. 물론 그렇게 끔찍하진 않고 종종 신경 쓰이는 정도다.

어쩔 수 없는 숙명으로 받아들여야 하는가? 선천적으로 짙은 쌍꺼풀이 있는 상태로 태어난 사람에게 물어봤다. "너도 이 느낌을 아니?" 그는 그렇지 않다고 대답했다. 나만 아는 이 감각. 가지지 못했다가 가지게 된 사람만이 그 차이를 지속해서 느낀다.

오래 전 한 방송에서 동양인의 쌍꺼풀 수술에 대해 토론한 적이 있었다. 그때 출연했던 외국인은 단어의 차이를 언급했다. 그는 눈꺼풀을 뜻하는 'eyelid'는 알지만 쌍꺼풀을 별도의 언어로 표현할 수 없다. 그가 사는 세상의 사람들은 모두가 쌍꺼풀을 가지고 있기 때문에 굳이 그것을 다르게 부르는 말을 만들지 않았던 것이다. 다른 출연자가 눈꺼풀에 겹이 있는 것을 구체적으로 설명했고, 결국 어찌저찌해서 그는 'Double Eyelid'라는 표현을 찾아냈다.

나는 쌍꺼풀이 주는 생경한 느낌을 통해, 가지지 못했던 것을 가지게 되었을 때 생기는 '있음'의 새로운 감각을 생각한다. 앞으로 살면서 언젠가 또 다른 무언가를 얻게 될 나를 상상한다. 획득된 그것은 매 순간 일분일초, 나에게 어떤 감각을 끊임없이 선사하지 않을까. 그렇게 되면 원래 가졌던 사람에게 또다시 묻고 싶다. "너도 이 느낌을 아니?"

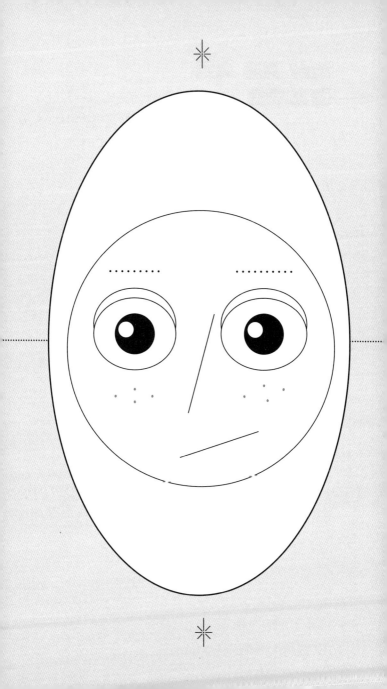

탁상 거울 속의
청개구리

구달

에세이스트.
<읽는 사이>(공저),
<아무튼, 양말>,
<한 달의 길이> 등을 썼다.

모니터 왼편에 지름 15cm 정도의 자그마한 원형 탁상 거울을 세워놓고 이 글을 쓰고 있다. 처음에는 거울 없이 작업에 착수했는데, 빈 문서를 열고 깜박이는 커서에 눈을 고정한 채로 내 얼굴을 생각하려니 진도가 나가지 않아서 사흘 내리 멍만 때리다 특단의 조치를 취한 것이다. 고개를 왼쪽으로 틀어 거울에 비친 얼굴을 응시하는 순간 무심결에 이런 생각을 했다. '아니 왜 입술 사이로 앞니 끝이 튀어나와 있냐고.' 분명 입을 꾹 다물고 있는데 말이다. 아랫입술을 억지로 끌어당겨 앞니를 감춰 보았다. 그 반동으로 입꼬리가 처지면서 표정이 시무룩해졌다. 잠시 거울을 들여다보고 있노라니 또 다른 생각이 떠올랐다. 어쩌면….

　모니터 왼편에 거울을 두기 전까지는 전혀 생각지 못한 가설이라 당황스러운 심정이지만 생각을 이어가 보고 싶다. 나는 평소에 얼굴을 잘 들여다보지 않는다. 일부러 회피하는 게 아니라 식사 후 치아 상태를 점검하는 정도 말고는 이목구비를 체크할 필요성을 거의 못 느낀다. 화장을 하지 않으니 화장을 고칠 일도 없다. 얼굴에는 스킨, 수분크림, 선크림만 바른다. 원래는 블러셔를 대여섯 개쯤 보유한 나름 '코덕'이었는데 2017년 전후로 화장을 끊었다. 2016년 강남역 살인사건을 계기로 각성한 여성 중 한 사람으로서, 페미니즘에 관심을 가지고 실천을 고민하던 차에 당시 화두였던 탈코르셋 운동에 동참했다. 사회가 여성에게 강요하는 억압에 저항하는 상징적인 수단이라고 여겼기 때문이다. 화장을 포기하는 게 어렵지는 않았다. 외려 외출 전에 이것저것 찍어 바르는 절차를 생략하니 세상 편했다. 민낯이 남들 눈에 어떻게 보일지는 의외로 신경 쓰이지 않았다. 인스타그램도 휴대전화 전면 카메라도 없는 호시절(?)에 성장한 세대여서 그런지 보이는 것에 관심을 끄기가 상대적으로 수월했다. 타고난 반골 기질도 한몫 거들었다. 지금보다는 외면을 챙겼던 20대 때도 미모를 가꾸는 것보다는 개성을 표현하는 데 훨씬 관심이 많아서 사회의 미적 기준과 궤를 달리하는 스타일을 거리낌 없이 시도하곤 했다. 가령 귀밑 0cm 단발머리. 자랑은 아니지만 성격적으로나 직업적으로나 인간관계가 상당히 협소한 편이다. 한마디로 조언의 탈을 쓴 외모 지적에 시달리지 않아도 되는 천혜의 조건이었다. 그렇게 서서히 자연스럽게 외모에 무관심해졌다. 그렇다고 믿었는데, 진지하게 거울 속 나와 대면하자마자 얼굴에서 가장 꼴뵈기 싫은 부위가 눈에 턱 들어올 줄이야. 하나의 유령이 내 무의식 속을 떠다니고 있었다. 외모 강박이라는 유령이.

내친김에 얼굴에서 마음에 들지 않는 부분을 세세히 떠올려 보았다. 나의 눈은 양쪽 쌍꺼풀 모양이 다른 짝눈이다. 오른쪽 눈이 왼쪽 눈보다 작고 살짝 찌그러졌다. 또 오른쪽 흰자위에 노르스름한 결막모반이 있는데 언제 생겼는지는 모르겠다. 약간 화살 모양에 두툼한 콧방울은 촘촘히 난 블랙헤드로 거뭇하다. 온갖 트러블이 올라와 늘 불그스름한 볼에는 팔자주름이 파였다. 흔히 먹을 복이 있다고들 하지만 내 눈에는 그저 꼴 보기 싫은 입가의 점과 더불어 색소 침착으로 생긴 유사점이 얼굴 전체에 여남은 개 더 있다. 위로 들린 입술, 삐뚤빼뚤한 치열은 앞서 언급했던 입을 닫아도 노상 전체 공개 상태인 앞니와 연결된다. 이런 의문이 든다. 본인 얼굴에서 불만족스러운 부분을 이리 꼼꼼히 꿰고 있는 사람이 어떻게 이 민낯 그대로 편안히 지낼 수 있는 걸까?

왼편에 두었던 거울을 키보드 앞으로 옮겨 왔다. 3천 원짜리 싸구려 플라스틱 탁상 거울이 진실을 비추는 마법의 거울이라도 되는 양 거울 끝을 꼭 붙들고 그 안을 한참 들여다보았지만 거울 속 나는 맹한 표정으로 눈만 끔벅일 뿐이다. 눈두덩이 위에 삐죽 자란 볼썽사나운 잔털 한 가닥을 발견해 뽑은 게 유일한 소득이었다. 거울 속 나와 눈을 맞추면 내밀한 속마음이 튀어나올 거라고 믿었는데 착각이었나 보다. 더 큰 문제는 잠들어 있던 외모 강박 유령의 코털을 건드려 깨운 듯한 느낌이 든다는 점이다. 벌써 '결막모반 제거'를 검색 창에 쳐보았다. 눈병이 아니라는 소견을 받은 이후로는 신경이 쓰이지 않았던 결막모반이 왜 새삼 누렇고 지저분하게 느껴지는지 모르겠다. 레이저로 화끈하게 지지면 안광이 한결 맑아질 테지만,

나는 안과에 가지 않겠지. 두서없이 의식의 흐

름을 쫓던 생각을 멈춰 세웠다. 아주 어릴 적부터 내 외모 고민은 항상 이런 식으로, 그러니까 청개구리 심보를 부리는 것으로 마무리되곤 했다. 기억을 더듬어 보자면 대략 20년 전쯤 짝눈을 보정하려고 쌍꺼풀 테이프를 샀는데 그걸 보기만 하면 붙이기가 싫어져서 그냥 통째로 버린 적이 있다. 생각해 보니 삐뚤빼뚤한 치열을 의식해 손으로 입을 가리고 웃는 습관이 있다는 사실을 깨달은 이후로는 웃을 때 슬그머니 올라가는 손을 의식적으로 내리는 습관을 들이려 노력하기도 했다. 점만 해도 그렇다. 해마다 늘어나고 있다는 사실과 개수까지 얼추 헤아리고 있으면서 빼야겠다는 결심은 단 한 번도 해본 적이 없으니…. 이로써 유추 가능한 결론은 하나뿐이다. 나의 내면에는 외모 강박 유령 하나와 청개구리 한 마리가 나란히 들어앉아 있는 것이다. 얼굴이 마음에 들지 않아 신경 쓰이고 자괴감이 생기려 할 때면 그에 대한 반발심이 마치 청개구리처럼 튀어 올라 정반대의 행동을 해버리게 만든다. 외모 강박과 정면승부를 벌이는 대신 허공에 주먹질을 하며 기세로 누르는 방식을 택해온 셈인데, 결과적으로는 정말로 외모에 무관심한 사람처럼 살아가는 경지에 이르렀으니 청개구리 심보를 갈고닦은 과거의 나 자신에게 뽀뽀라도 해주고 싶다.

하천에 서식하는 개구리에게 올챙이 시절이 있듯 인간 내면에 서식하는 청개구리도 올챙이 시절을 통과했을 터다. 개구리 올챙이 적 모른다고, 그 시절을 오래 잊고 살았다. 나는 예쁘장한 올챙이였다. 정확하게는 남들이 예쁘다고들 했다. 나야 놀이터에서 얼굴에 흙칠이나 했지 미추에는 관심도 없었지만. 열세 살 무렵엔 흔히 말하는 '역변'을 맞았다. 나더러 어쩜 이렇게 예쁘냐고 하던 어른들이 태도를 180도 바꾸어 내 얼굴을 요리조리 뜯어보며 수군거렸다. 치아 교정을 시켜야 한다는 둥, 코가 오뚝하진 않고 그저 크기만 하다는 둥. 외모 강박 유령은 아마 이때 들은 말들이 뭉쳐진 데서 태어났을 것이다. 난센스지만 다행이라면 다행히도 당시 나는 사춘기에 막 접어들면서 어른들에 반발심을 키우던 참이었다. 외모 지적이 마음 깊숙한 곳을 할퀴는 기분도 들었지만 심각하게 받아들이지 않았고, 만화책 좀 그만 보라는 잔소리에 귀를 틀어막듯이 콧방귀를 흥 뀌고 무시했다. 즉 역변과 사춘기 초기 증세가 절묘하게 맞아떨어진 덕분에 청개구리 심보를 길러낼 수 있었다. 어른들 말에 더 의존적이었거나 외모 문제에 민감한 사춘기 한복판에서 역변이 진행되었더라면 어땠을까. 지금 내 안에 청개구리 대신 본인이 나비가 될 줄은 꿈에도 모르는 우울한 유충이 들어앉아 있을지도 모른다.

이제 거울을 원래 있던 자리로 돌려놓을 시간이다. 잡동사니를 욱여넣는 용도로 사용 중인 4단 서랍 꼭대기 맨 구석으로 치워버리고 누리끼리한 결막모반이며 튀어나온 앞니 따위는 잊어버리도록 하자. 거울의 유무와 관계없도록 외모에 대한 생각 자체를 완전히 털어내고 싶다는 마음이 들기도 하지만, 굳이 그럴 필요가 있을까? 잘 키운 청개구리 한 마리가 꺾이지 않는 반발심으로 개굴개굴 개굴거리도록("어쩌라고!", "몰라!", "생긴 대로 살 거야!") 내버려 두면 된다. 어쩌면 이것이야말로 외모 강박 사회의 구성원으로서 외모 강박에 맞서기 위해 개인이 시도할 수 있는 최선의 전략일지도 모른다. 거울을 치우고, 얼굴이 신경 쓰일 때마다 적반하장 격으로 얼굴에 관심이 없다는 듯이 행동하기. 모두가 외모 강박이 없는 것처럼 말하고 행동한다면 우리 내면에 도사리고 앉아 호시탐탐 존재감을 발휘

할 기회를 노리는 외모 강박 유령을 투명 유령으로
만들어 버릴 수도 있을 것이다.

＊

보이는 것과
보이지 않는 것

"어떻게든 웃어내고 버텨만 내다
비로소 힘에 부쳐 찌푸린 미간을 얼굴에
그대로 펼쳐내기로 한 그때의 내가,
웃음기를 거두고 마침내 '힘들어.'라고 고백하는
그 얼굴이 그렇게 반가울 수가 없었다.
이건 정말 내가 모르는 얼굴이었다."

N차 관람

강원

오늘도 횡설수설 말하고
구구절절 씁니다.
가끔 춤도 춥니다.
별난 친구를 둔 덕분에
성실한 방황이 다큐멘터리
<퀴어 마이 프렌즈>로
기록되었습니다.

영화 주인공 얼굴이 이래도 되는 걸까. 고개까지 돌려야 끝과 끝이 가늠되는 거대한 영화관 스크린이 내 얼굴로 가득 찼다. 뿔테 안경과 짧게 자른 머리, 여드름이 남긴 상처와 현재진행형 뾰루지 사이로 덧니가 도드라지는 얼굴. 영화관에서 자주 보던 유형은 아니다. 객석에 앉아 쳐다보고 있자니 분명 아는 얼굴인데 모르는 얼굴이라 믿고 싶어진다. 다큐멘터리의 주인공이 된다는 것이 내 얼굴을 이런 식으로 마주하는 일일 줄이야. 만약 이 사실을 7년 전에 알았다면, "내가 오빠 이야기를 영화로 만들면 어떨 것 같아."라는 질문에 "재밌을 것 같은데."라고 천지난만하게 대답할 수 있었을까. 아니 일단 얼굴에 뭐라도 바르고 시작했겠지. 이제 와서 뒤늦은 후회를 하기에는 7년의 세월이 성실하게 기록되어 영화로 완성되었고, 2022 핫독스 국제다큐

영화제에 초청된 후 1년 만에 한국에서 정식으로 극장 개봉을 했다. <퀴어 마이 프렌즈>라는 제목으로 탄생한 이 영화에는 속할 곳을 찾기 위해 오래도록 방황하고 좌절하는 내가 담겨있다. 나를 수식하는 언어의 경계에서 맴돌고 떠돌며, 20대에서 30대를 통과하는 시절의 파란만장한 표정들이 장면마다 서려 있다.

개봉 후, 관객과의 대화나 연대상영회와 같은 행사를 위해 극장에 자주 가다 보니, 의도치 않게 N차 관람을 했다. 거의 매번 상영을 관람하는 나를 신기해하던 지인이 "주인공이 자기애가 너무 심한 거 아니냐?"라는 농담을 던질 때 애써 부정하지는 않았지만, 사실 영화를 반복해서 보는 이유는 따로 있다. 내가 잘 안다고 믿었던 내 얼굴과 표정이 타인처럼 다가오는 순간을 경험하는 일이 꽤 짜릿하기 때문이다. 당시에는 미처 가늠하지 못했던 우울이 처음 보는 표정으로 얼굴에 드러나기도 하고, 새로운 선택에 대한 설렘으로 기억하던 시절은 다시 곱씹어 보니 불안이었음을 확신하게 되는 순간도 포착한다. 이런 생경한 경험이 좋아서 요즘 N차 관람에 적극적인데, 가끔 영화에 집중하는 데 실패하기도 한다. 낯선 표정이나 얼굴을 더 잘 이해하기 위해 맥락을 보려 노력하다가도, 불쑥 외모 검열이 올라와 피부가 무척 거슬리는 날이 있다. 거울에서는 적극적으로 외면해 왔던 오랜 콤플렉스와 극장 스크린에서 정면으로 맞짱 뜨게 되는 날. 영화 초반에 피부 트러블이 심했을 때 찍은 사진이 등장하는데, 며칠 전에는 이 장면에서 봉긋하게 올라온 뽀루지가 화면 밖으로 튀어나올 것만 같아 나도 모르게 눈을 질끈 감아버렸다.

"아이고, 얼굴에 여드름 꽃이 피었네, 폈어."
여드름 꽃이 만개하던 사춘기 시절에는 친척 어른들의 안부를 가장한 피부 지적에 자주 시달렸다. 분명 나를 보고 말하는데, 나를 보고 있지 않은 사람들. 이 말도 안 되는 표현이 당시에는 너무나도 말이 되는 사실이었다. 인사하느라 잠시 숙였던 고개를 들어올리기가 무섭게 '손으로 절대 얼굴을 만지시 마라.', '세안을 제대로 해야 트러블이 안 나는 거야.'와 같은, '밥은 쌀로 짓는 거야.' 수준의 고급 정보를 저마다의 버전으로 던졌다. 별안간 수능 끝나고 대학만 가면 피부가 좋아질 거라는 말도 자주 들었는데, 반신반의하면서도 별수 없이 그 뻔한 레퍼토리를 믿을 수밖에 없었다. 물론 여봐란듯이 성인 여드름과 지난한 싸움은 서른까지 계속되었다. 패배한 결과로 얻은 건 여드름이 남긴 상처뿐이었다.

얼굴에 똑같은 모양 하나 없는 오래된 파임이 셀 수 없이 흩뿌려져 있다. 뾰루지가 파임이 되어 평생의 흔적으로 남을 줄 모르고 손은 얼굴을 시도 때도 없이 찾았다. 접근성이 안타까울 정도로 훌륭한 얼굴은 무심한 손이 만만한 뾰루지를 괴롭히기 딱 좋은 위치였다. 뾰루지로 태어난 얼굴의 염증은 빨갛게 부어오르고, 통증과 함께 아슬아슬하게 농익을 때쯤에는, 무심히 갖다 댄 손에 어떤 식으로든 침범되어 피와 고름을 터트렸다. 터져서 벌어진 후에는—대학만 가면 마법처럼 좋아질 피부이기에—대단한 관심이나 처치 없이 방치했다. 그러면 불그스름한 잡티가 되어 한동안 얼굴의 홍조를 담당하다 시간이 흐르고 흘러 오늘의 파임이 된 것이다.

굳이 따져보면 하나하나 아프지 않았던 파임은 없었지만, 통증이 수반되는 이 수없는 반복을 당시의 나는 일상으로 받아들였다. 뭉뚝하고 얼얼하게 아프기도 했고, 머리카락이 쭈뼛 설 것처럼 날카롭고 따가운 날도 있었다. 다만 제대로 된 연고를 발라주었던 기억은 없다. 극장에서 스크린 속 울퉁불퉁한 피부를 보다가 괜히 속상해져 뒤늦게 서럽고 억울한 마음이 불쑥 찾아왔다. 이 감정이 갑작스러워 당황스러웠지만 낯설지는 않았다. 우울증 진단을 받았던 날도 비슷했다. 일상으로 버텨내던 감각을 마침내 우울이라고 누군가 선언해 주던 날이 되어서야 나는 꽤 오랫동안 우울과 함께 일어나고, 밥을 먹고, 잠들었다는 사실을 깨달았다. 우울을 알아차리고 긴 겨울이 시작되었고 그때의 겨울이 영화 속에 고스란히 담겼다.

　20차 관람쯤 되었을까. 며칠 전 상영에서는 영화 초반 자주 웃고 있는 내가 유난히 불편하게 다가왔다. 내가 기억하는 감정과는 달리 영화 내내 얼굴로 펼쳐내는 웃음이 하나의 정형화된 반응으로 느껴져 안타깝기까지 했다. 그러다 우울이 심해지는 영화 후반부에 결국, "아, 힘들어. 힘들어서 아무것도 못 하겠어."라고 고백하는 장면을 보다가 나도 모르게 긴 숨을 내뱉었다. 상영 내내 불편함과 안타까움으로 뭉쳐온 긴장이 그 순간 풀리는 것 같았다.

어떻게든 웃어내고 버텨만 내다 비로소 힘에 부쳐 찌푸린 미간을 얼굴에 그대로 펼쳐내기로 한 그때의 내가, 웃음기를 거두고 마침내 '힘들어.'라고 고백하는 그 얼굴이 그렇게 반가울 수가 없었다. 이건 정말 내가 모르는 얼굴이었다. 그림자가 깊이 드리운 얼굴. 마침내 웃어내기를 멈춘 민낯. 꼭꼭 숨겨온 얼굴이 스크린에서 발가벗었다.

"영화보다 얼굴이 좋아 보여 다행이에요."

영화가 끝난 뒤 관객 한 분이 다가와 다정하게 말을 건네주셨다. 얼굴이 좋아 보인다는 말을 전하는 그의 얼굴이 편안해 보였다. 처음 만난 분이지만 내적 친밀감이 가득한 눈빛으로 전해주는 그 말이 고마워 진심으로 감사하다는 인사로 답했다. 요즘 그의 말이 마음속에서 굴러다닌다. 얼굴이 좋아 보여 다행이에요. 얼굴이 좋아 보여 다행이에요. 거울 앞에 서서 내 얼굴을 가만히 바라본다. 크고 작은 파임을 하나씩 천천히 세기 시작하다, 50개쯤 되었을 때 멈추었다.

뭐가 그리
대단한 얼굴인가요?

이준식

대구에서 사진작업을
하고 있습니다.
천천히 오래 기억되는
사진가이고 싶습니다.

사진을 업으로 삼은 이후로 얼굴을 바라보는
일이 많아졌다. 얼굴을 만지는 일도 많아졌다. 직접
만진다는 뜻은 아니고, 사진 후처리를 위해 얼굴을
건드린다는 뜻이다. 다만 사진으로써의 얼굴을 마
주하는 것 외에, 내 눈으로 얼굴을 보는 일은 많지
않다. 남의 얼굴은 물론이고, 내 얼굴도 그렇다. 얼
굴을 다듬기 위해서 거울을 보고, 일 년에 한 번 셀
프 프로필을 촬영하면서 내 얼굴을 자세히 확인한
다. 해가 지나면서 내 얼굴의 변천사도 자연스럽게
알게 된다. 사람의 얼굴이 30대 중반에 변화가 크
게 온다고 했던가. 그래서인지는 몰라도 20대의 매
서운(나쁘게 말하면 불만 있어 보이는) 눈과는 다르게
힘이 조금 풀렸다. 체중도 10대와 20대 때와는 달
리 정상체중의 궤도로 들어오면서 볼살도 어느 정
도 붙었다. 호르몬의 변화가 온 것 때문인지는 몰라

도, 피부 상태도 과거보다는 호전되었다.

하지만 이런 식으로 얼굴을 노려보는 것이 정말로 '얼굴을 보는 행위'라고 할 수는 없겠다. 한 장의 이미지를 완성하기 위해 얼굴을 보거나 매무새를 다듬기 위해 거울을 보는 것은, 나를 제대로 들여다보는 것과는 다르다. 코끼리 코의 주름이나 눈망울을 보는 것이 코끼리를 보는 것이라고 할 수 있냐 하면 그건 아닌 것과 비슷하다. 문득 '군맹무상'이라는 말이 떠오른다. 우리말로는 '장님 코끼리 만지듯'으로 풀어 표현할 수 있다.

어떤 대상을 알고자 할 때 본질을 보아야 한다는 말을 참 많이 들었다. 본질이라는 것이 도대체 뭘까? 생각해 보고 있자니, 내가 본 것이 사실 본질이 아니라는 말을 듣는 건 굉장히 기분 나쁜 일이다. 특히 나의 삶의 방식과 연결된 것, 나의 신체나 행동양식에 대해서 듣는 '본질'이라는 말은 마치 내가 잘못 행동하고 있다고 생각하게 만드니까. '그거 그렇게 하는 거 아닌데.'라는 말을 들을 때가 있다. 교정이 필요하거나 분명한 정답과 오답이 있는 상황에서가 아니라, 다양한 선택지 중 하나를 골랐을 뿐인데도 말이다. 나의 존재 자체와 연결된 것이라면 더 문제이다. 옷을 입는 방식, 머리를 다듬는 방식, 조금 더 나아가서 내 얼굴의 모습에 관한 것이라면 어떠한가?

우리나라만 그런 것은 아니겠지만, 외모에 관한 이야기를 할 때 '본질적으로' 예쁜 형태가 있다는 말을 꽤 들은 것 같다. 피부의 색이 어떤지, 눈의 크기는 어느 정도인지, 뭐 그런 것들을. 나는 '본질적으로' 예쁜 외모를 갖춘 사람들을 보고 "와 정말 예쁘다!"라고 말해본 적이 없었다. 그냥 남들이 그렇다고 하니 "그래 예쁘긴 하지.'라고 말하고 속으로는 '정말 그 정도인가?'라고 생각했다. 고등학교 때였던가, 소녀시대가 처음 데뷔했을 때가 떠오른다. 온 아이들이 티비 앞에 모여서 뮤직뱅크를 시청하며 소녀시대에서 누가 가장 예쁘니, 누가 제일 매력이 있니 같은 얘기가 오갔고, 그 흐름 속에서 내가 했던 말이 떠오른다.

"솔직히 뭐가 예쁘다는 건지 잘 모르겠다."

그 말을 해버렸을 때, 나는 주제 파악도 할 줄 모르고 보는 눈도 없는 제대로 이상한 놈이 되어있었다. 괜히 발끈해서 약간의 말싸움을 주고받았다. 얼굴에 대한 기준이 다를 수도 있는 거지, 내가 안 예쁘다고 생각할 수도 있지, 같은 얘기들을. 물론 돌아오는 것은 비난과 야유였다. 괜한 흥분을 해서 인지, 남의 얼굴을 평가하는 행위가 옳지 않다는 말을 하고 싶었지만, 그조차도 제대로 전달하지 못했다. 그날은 얼굴에 대한 집단적 사고가 존재함을 분명하게 체감했다. 개인의 취향이 어떤 '본질'로 받아들여질 수 없다는 느낌이랄까. 어쨌든 그 이후로 수많은 사람이 벌이는 '얼평'의 현장에서는 그냥 적당히 맞장구만 쳐주고, 나의 생각이나 기준은 그저 뭉개두며 살았다.

일련의 경험 때문인가, 얼굴에 '본질'이 있다는 것은 꽤나 폭력적으로 들린다. '본질'이라는 말이 조금 어색하다면, '완벽함', '가장 아름다운 것' 정도로 치환해도 될 것 같다. 내 얼굴이 완벽하지 않다, 내 얼굴이 아름답지 않다는 얘기는 실컷 듣는 것일 수 있으니 별 감흥이 없을 수는 있다. 다만 내 얼굴이 본질적이지 않다고 말하는 것은 이야기가 다르다. 완벽하고 가장 아름다운 것이 '본질적' 인 것은 분명 아니다. 하지만 이상하게도 세상은 완벽함과 아름다움이 '본질'과 동등한 관계가 되도록 우리를 몰아가고 있는 것이 아닌지, 수도 없이 생각하게 된다. 길거리에서 심심찮게 보이는 성형외과 광고, 체육시설의 '예쁜 몸'을 만들자는 현수막과 전단지에 적힌 말을 유심히 뜯어보면 더욱 그렇다. 얼굴에 대한 담론이 모두에게 동일하게 적용되는 것이 아니라 비대칭적으로 적용된다는 사실은 더욱 머리를 아프게 만든다.

이런 주장을 실컷 하면서도, 얼굴 사진을 찍고 보정하고 있자면 일종의 주화입마에 걸리는 느낌을 받는다. 타인의 얼굴을 포토샵으로 보정하며 나 혼자 느끼는 것 때문만은 아니다. 사진 속 피사체가 된 사람이 자기 얼굴을 보면서 하는 생각이 나에게도 그대로 전달되기 때문이다. 이는 꽤 비참한 일이다. 바디 포지티브를 이야기하고 그에 따른 사람의 무한한 다양성을 이야기하지만, 사진 속 사람을 '잘 나오도록' 수정해야 한다는 사실에서 오는 그 괴리감이 말이다. 나도 그렇고, 사진 속 사람이 바라는 것도 그러하다. 어디에선가 만들어진 얼굴에 대한 담론이 그 사람의 본질을 파괴하는 것만 같다. 얼굴 속 눈, 코, 입이 얼굴 전체의 이야기가 되고, 그 외적인 요소가 곧 그 사람의 이야기가 되는 것 같달까. 그런데 절대 그렇지 않다는 것은 우리 모두가 잘 알지 않나. 일부만을 보고 무언가를 판단하는 것이 군 맹무상 그 자체가 아닌가.

어쨌든, 나에게 사람의 얼굴이나 초상을 담아 내는 것에 대한 고민은 큰 과제다. 사람을 찍을 때 '매력'을 담아낸다고 말하는 것 역시 조심스럽다. 무엇이 '매력'인가? 결국은 얼굴이나 외형이 주는 '매력'을 이야기하는 것은 아닐까. 앞으로 초상을 찍는다면 그 사람에 대해서 어떤 말도 덧붙이지 않 는 사진을 찍는 것이 좋겠다는 생각을 해보곤 한다. 그 사람의 일부로서 기능하는 사진이 아닌, 그 사람 의 모습을 더 알고 싶게 만드는 사진을 말이다. 매 력이라는 이름의 오해가 되어버릴 수 있는 사진이 아닌, 그 사람을 바라보는 입구가 되어줄 수 있는 사진을. 그 사람의 일부를 담아놓고는 그 사람과 분 리될 수 있는 사진을 찍겠다니. 굉장한 모순이긴 하 다. 다만 그런 모순을 해결해 낼 합을 찾아낼 질문 과 고민을 품어볼 수는 있을 것이다.

나이가 들어서인지, 아니면 작업에 의한 피로 때문인지는 몰라도 칙칙해진 내 얼굴을 보면서, 생 각하는 것과 행동하는 것은 여전히 하늘과 땅 차이

만큼 벌어진 일이구나 싶다. 내 얼굴의 어떤 부분이 칙칙한 것인가, 칙칙하다고 하는 표현에는 어떤 숨겨진 의미가 있는가, 칙칙한 얼굴을 있는 그대로 보는 것이 아니라 내 얼굴을 향해 사회적으로 통용되는 얼굴의 기준을 아무런 거리낌 없이 적용하고 있는 것은 아닌가, 그런 것들을 생각해 보면 말이다. 그래도 다행인 점은, 타인을 향해서는 그런 무례한 소리를 하지 않는다는 것이겠다. 솔직히 말하자면 타인에게 지나치게 관심이 없다는 것 때문이지만.

"어쨌든, 나에게
사람의 얼굴이나 초상을 담아내는 것에 대한 고민은
큰 과제다. 사람을 찍을 때 '매력'을 담아낸다고
말하는 것 역시 조심스럽다. 무엇이 '매력'인가?"

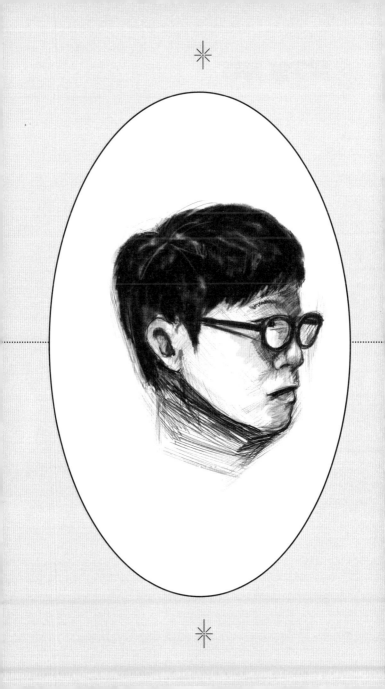

배우의 얼굴

차영남
_____

연기하고 글을 씁니다.
자주 넘어지지만 언제든
다시 일어설 수 있는
재주를 지녔습니다.
타인의 시선을 두려워하지만
스스로를 사랑하는 힘이
더 크기에 여전히 계속 쓰고
살아갑니다.

배우란 직업을 갖게 된 탓에 얼굴을 자주 들여다본다. 카메라에 담긴 내 모습, 배역을 맡아 다른 존재로 짓는 표정과 평소엔 나오지 않을 눈빛을 화면을 통해 발견한다. 서른여섯을 살아도 알지 못했던 새로운 얼굴을 찾는 일이 소름 돋게 즐겁지만 가끔은 쑥스럽고 때로는 어색하다.

촬영이 끝나고 집에 돌아오면 화장실 거울 앞에 서서 다시 연기해 보곤 한다. 얼굴을 과하게 찌푸리진 않았는지, 혹은 너무 무미건조한 연기를 하지 않았는지 복기한다. 복기가 끝나면 거울을 오래 바라본다. 화면에서 벗어나 개인의 삶으로 돌아온 얼굴은 어떠한지. 어릴 적 축구 골대에 박아 찢어진 오른 눈썹의 흉터, 주짓수를 하다 피가 터져 두꺼워진 왼쪽 귀, 선크림 바르기를 귀찮아해 잔뜩 오른 기미와 주근깨, 엄마의 사랑으로 크게 웃으며 자란 덕에 깊게 파인 팔자주름, 이제는 독기가 사라진 순한 눈. 살아온 흔적들이 고스란히 얼굴에 남아 있다.

온순해졌다는 말에 입꼬리가 살짝 들린다. 기쁘기도 하고 슬프기도 하다. 자기주장과 확신을 갑옷처럼 입고 다니며 타인의 방패를 꾹꾹 찔러보던 질풍노도의 시절은 지나갔다. 다툼, 시기, 질투, 자존심 같은 것에 시간을 쓰기엔 개인의 삶을 챙기기도 바쁘다. 먹고살 길을 해결하고 불안한 미래를 안정시키려는 노력이 인생이란 레이스를 완주하는데 더 큰 도움이 된다고 여기며 살아간다.

사실은 순해진 게 아니라 에너지를 아낀다고 말하고 싶다. 하고 싶은 일과 해야 하는 일이 낳다. 배우로서 벌이가 꾸준하지 않아 오전 열 시 반엔 카페를 오픈하고, 카페 마감 후엔 이태원으로 달려가 와인바를 오픈한다. 퇴근 후 새벽엔 글을 쓰고 오전 일곱 시엔 육아가 시작된다. 아이를 등원시키면 다시 카페에 출근한다.

하루가 훌쩍 지나간다. 주어진 일상을 모두 소화하고 나면 체력이 모두 소진된다. 오전엔 빛나던 눈도 새벽 퇴근길에는 생명력을 잃는다. 예전 같으면 화를 버럭 낼 일에 '그럴 수도 있지' 하고 지나간다. 기분이 상할 만한 말에도 표정 변화 없이 고개를 끄덕거리는 법을 익혔다. 그 덕에 인생은 다소 지루해졌지만 해야 할 일에 집중하고 쓸모없는 문제에 체력을 쏟지 않게 되었다.

맡은 일을 하나씩 해치워가며 반복되는 이 삶을 언제 넘어설 수 있을까 고민한다. 한참의 고민이 끝나면 마음이 차분해진다. 상상으로 채워진 기우들을 현실과 분리시킨다. 살면서 다가오는 시련은 인간이 겪어야 할 숙명이라는 사실을 받아들인다. 아직 찾아오지 않은 어려움까지 현재의 짐으로 어깨 위에 올려놓지 말자고 거울 앞에서 다짐한다. 다시 처음부터 새롭게 시작한다. 무엇부터 하면 될까, 어떻게 시작하면 될까. 걱정보다 해결책을 찾기로 한다. 무얼 하고 싶은지, 뭘 얻고 싶은지, 어디에서 해방되고 싶은지 스스로 묻는다.

마음은 차분해졌지만 웃는 얼굴을 많이 잃었다. 어느 모임에 가도 항상 분위기 메이커 역할을 자처했던 사람이었으나 이제는 조용히 구석에 자리한다. 눈앞에 있는 상대에게 집중하지 못하고 먼 곳을 바라보는 초점 잃은 눈동자가 자주 등장한다.

"요즘 많이 힘들지?"

급하게 결혼해 아이를 낳고 육아와 일에만 전념하며 살아가는 나에게 친구들이 건네는 위로다. 실없는 농담에도 깔깔대며 웃던 시절이 그리울 만큼 나이를 먹은 친구들은 모두 낯빛이 어둡다.

"너는 좀 어때?"

힘들다는 대답 대신 질문을 다시 던지는 우리는 서로 대답 없이 슬쩍 웃고 만다. 세상에 대한 불만이나 그간 있었던 일을 주저리주저리 늘어놓을 힘도 없어진 아저씨들이 모여 앉아 말없이 다 마신 커피를 빨대로 쪽쪽 빨아대다 자리에서 일어나 각자의 일터로 향한다. 억지로 웃는 대신 어깨를 몇 번 노닥이고는 헤어진다.

"우리 언젠가 잘 되긴 하는 거냐?"

차에 시동을 걸고 앉아 친구가 했던 말을 되짚어 본다. 다 같이 허허 거리며 웃긴 했지만 그 웃음에는 미래에 대한 불안이 담겨 있었다. 찰나의 웃음으로 넘겨보려고 했지만 모두 한계에 도달해 있는 표정이었다. 입은 웃고 있지만 눈에는 피로가 가득한 표정.

나 또한 그들과 별반 다를 것 없어 순해진 눈과

살짝 힘이 빠진 미소로 연기를 하는 일이 잦아졌다. 때문에 오디션을 볼 때 준비하는 연기도 달라졌다. 예전엔 눈을 똘망똘망하게 뜨고 열띤 주장을 펼치는 독백을 자주 했다면 이제는 차분하게 대사를 읊조리는 독백을 준비하곤 한다. 패기 넘치고 명랑했던 이십 대의 웃음이 잘 나오지 않으니 묵직한 캐릭터로 승부를 보려 한다. 습관처럼 올라가는 눈썹을 제자리에 두고 표정보다는 대사의 목적과 흐름으로 연기를 이끌어 가고자 한다. 언제나 선택은 제작진의 몫이지만 '알맞게' 연기하고 나왔는지 집으로 돌아가는 길에 또 한 번 복기한다.

오디션 탈락을 거듭하고 생활이 점점 빡빡해질수록 깊이를 쌓는데 기대를 걸어야 한다. 천진난만함은 사라졌어도 겪어온 경험과 많은 고민을 통해 세상을 바라보는 눈이 깊어지기를 꿈꾼다. 기라성 같은 선배들이 표정 변화 하나 없이 눈빛만으로도 그 의미를 전달하는 일처럼.

연기라는 분야가 좋은 건 다양성을 추구하기 때문이다. 청춘 드라마의 주인공이야 어느 정도 호감이 가는 미남, 미녀의 얼굴일 때가 많지만 그 외의 인물들은 모두 다양한 얼굴을 가졌다. 흉터가 있고 우락부락한 선이 돋보이는 얼굴을 지닌 배우, 피부가 어둡고 이목구비가 짙어 외국인처럼 보이는 배우, 풍채가 크고 무표정에서도 시선을 압도하는 묵직함을 지닌 얼굴의 배우 등 한 작품 안에는 여러 얼굴이 필요하다. 언젠가 한 번은 모든 배우가 캐스팅되고 나서 감독이 배우들을 나란히 세워놓고 앙상블을 맞춰 본 적이 있다. 악역도 계급에 따라 무리 안에서 조화를 맞추고, 주인공과 조력자의 조화 혹은 가족이나 친구 역할을 맡은 사람들과의 케미를 보며 배우들의 외모와 음성, 연기 톤을 조합해 작품의 현실성을 높여 나간다.

배우들은 자기 얼굴이 어떤 인간 군상의 모습과 닮아있는지 많이 찾아본다. 눈이 째지고 얼굴선이 날카로운 사람들을 대중이 어떻게 인식하는지, 포동포동하고 둥글둥글한 얼굴과 몸을 지닌 사람들의 성격이 보편적으로 어떠한지 따져가며 캐릭터를 준비한다. 반전 매력을 노리는 경우도 있지만 조단역의 경우엔 대사량이 많지 않고 개인적인 스토리가 작품 안에 크게 반영되지 않기 때문에 단시간 안에 시청자들에게 캐릭터를 설명하고 설득

해야 한다.

캐릭터가 하나밖에 없다는 말에 머리도 길러보고, 삭발을 해보고, 눈썹을 밀어보고, 태닝을 하는 게 배우다. 같은 캐릭터로 여러 번 연기를 하면 대중은 금방 질리고 매일 같은 연기만 한다고 구박하기 쉽다. 그런 이유로 배우들은 새로운 캐릭터에 도전하기 위해 매번 얼굴과 신체를 변화시키는 노력에 힘쓴다.

다시 현장으로 향한다. 리허설 전에 거울을 바라본다. 눈을 바라보며 믿음을 갖는다. 잘할 수 있다는 믿음. 얼굴에 늘어나는 크고 작은 상처와 고민이 생길 때마다 생겨난 주름들, 푸석해지고 가죽만 주욱 늘어나는 피부 속에서도 눈동자는 여전히 빛난다. 무언가를 찾고 싶어 하는 열망, 꿈을 포기하지 않겠다는 희망, 버겁더라도 꼭 일상을 지켜내겠다는 소망이 한 데 뭉쳐 눈동자 한가운데 빙글빙글 돌며 빛을 반사한다.

누군가는 잘생긴 얼굴과 못생긴 얼굴, 높은 코와 도톰한 입술 같은 걸 신경 쓰면서 거울을 바라보겠지만 나는 오로지 눈에 집중한다. 무슨 생각을 하는지에 따라 눈빛은 변한다. 마음의 온도에 따라 때론 건조해지고 때론 촉촉해진다. 자신감이 생기면 눈빛이 총명해진다. 여유가 생긴다. 눈동자의 흐름이 부드러워진다. 그 눈빛을 따라 표정이 변한다. 자연스럽게 벌어지는 하관과 웃을 때 솟구치는 광대와 입꼬리, 상대의 말을 경청할 때 쫑긋하는 귀 모두 눈으로부터 시작한다.

그간 살아오며 겪은 다채로운 경험과 상상의 세계를 모두 눈 안에 몰아넣는다. 겹겹이 쌓인 다양한 감정들이 아직 이름 붙이지 못한 새로운 감정을 만든다. 레디, 액션. 연기한다. 나와 배역 사이 그 어느 지점 안에서 오늘도 새로운 인물이 탄생한다. 모니터를 보며 눈이 무엇을 원하고 있는지 면밀히 살핀다. 목표를 향한 간절함이, 때로는 좌절했던 이의 결핍이, 그럼에도 불구하고 다시 꿈을 찾아 부지런히 갈 길을 떠나는 한 순례자의 여정이 관객들에게 전달되길 희망한다. 내가 맡은 배역에 연민을 느끼고 공감해 주길 꿈꾼다.

어쩌면 아직 멀었는지도 모른다. 가까워지면 조금씩 멀어지고 잡을 듯하면 한 번 더 멀어지는 꿈이 야속하기도 하다. 분명 오랜 시간 열정적으로 담고 또 담았음에도 여전히 어렵다. 가끔 정신을 차리면 길을 잃기도 한다. 다시 찾아간 길 앞에는 선두에 주자들이 너무 많다. 그래도 묵묵히 길을 걷는다. 천천히 걷는 대신 남들보다 더 많은 것을 눈에 담기로 한다. 결승선이 어디인지는 모르겠다. 하지만 중간중간에 열매가 놓여 있고 그 열매를 맛있게 따먹으며 또 달려가야만 한다. 힘들다고 고개를 떨구면 발밑밖에 보이지 않지만 고개를 치켜들면 가야 할 길이 보인다. 목표가 잘 보이지 않을 때, 잠시 멈춰 서서 눈을 작게 뜨면 보다 선명해지는 것들이 있다. 초점이 잡히면 다시 눈을 편안하게 뜨고 찡그린 표정을 푼다. 한껏 찡그렸다 힘을 푼 표정은 보다 편안하다. 눈을 감고 크게 호흡한다. '할 수 있다, 할 수 있다, 할 수 있다.' 세 번 외친다. 눈을 뜬다. 화면에 내 얼굴이 담긴다. 나의 얼굴로 사람들은 새로운 인물 하나를 마음에 새긴다. 작품이 거듭될수록 늘어나는 얼굴에 배우라는 이름을 하나씩 채워나간다.

"화면에 내 얼굴이 담긴다.

나의 얼굴로 사람들은 새로운 인물 하나를 마음에 새긴다."

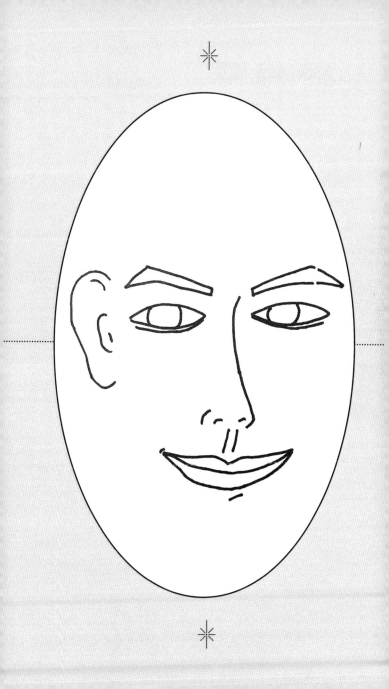

가리어진 얼굴

이택민

사색을 즐기지 않습니다.
매일 새벽 사색을 당합니다.

독립출판사 '책편사'를 운영하고
있으며 지은 책으로는
<고민 한 두름>,
<불안 한 톳>,
<갈 데가 있어서요>,
<라이딩 모드>,
<첨벙하고 고요해지면서>가
있습니다.

거울 속의 나를 본다. 타인의 눈을 똑바로 바라보지 못하는 나는 내 눈을 응시하는 것조차 쉽지 않다. 오래 알고 지낸 사이라 하더라도 상대가 나를 바라보는 시선에, 상대를 바라보는 나의 시선에 좀처럼 익숙해지지 않는다. 미간을 응시하던 시선을 눈동자로 옮기는 데는 꽤 오랜 시간이 걸린다. 내게 얼굴을 마주한다는 건 두려움을 마주한다는 것과 같다. 나를 바라보기 위해선 여러 벽을 허물어야 했다. 내가 나의 눈을 피하자, 거울 속의 나도 눈을 피한다. 내가 눈을 뜨자 거울 속의 나도 나를 향해 눈을 뜬다. 별안간 눈싸움하는 나와 나. 거울 속의 나를 조용히 바라보면 문득 궁금해진다. 나는 무엇이 두려워 나를 바라보지 못했나. 나는 지금 무엇을 두려워하는가.

거울 속에는 오늘의 내가 있다. 불안한 마음을

숨기지 못하는 굳은 표정의, 피곤함에 찌들어 왼쪽 눈이 바르르 떨리는 내가 있다. 거울에 비친 나는 무척 불안하고 무척 피곤한 사람이다. 불안해서 피곤한 것인지, 피곤해서 불안한 것인지는 알 수 없다. 그저 나를 마주하고 나서야 내가 어떤 상태인지 알 수 있을 뿐이다. 서른 줄에 들어서면서 짙어진 잔주름. 내려간 입꼬리와 늘어난 턱살. 인상을 바꿔보겠다며 최근 시술한 눈썹 문신과 언제부턴가 얼굴과 한 몸이 된 안경. 서른의 시선으로 바라본 거울 속엔 서른의 내가 있었다. 웃음으로 번지는 주름들이 보인다. 주름이야말로 가려지지도 드러나지도 않는 실로 솔직한 녀석이다. 감정에 따라 제 모습을 숨김없이 내보인다. 근심도 주름으로 나타난다. 자꾸만 찡그려지는 미간이 요즘의 나를 나타낸다. 얼굴의 주름은 움켜쥔 손의 주름과 같아서 평생을 함께한다. 누군가는 손금으로 살아온 인생과 살아갈 인생을 재단한다. 구태여 엎어진 손을 들춰볼 이유가 있을까. 살아온 인생은 얼굴 주름으로 알 수 있고, 살아갈 인생은 웃음으로 알 수 있다. 거울 앞에 서서 자문한다. 나의 주름은 어떠한가. 나의 웃음은 어떠할까.

안경을 벗는다. 그 또한 나를 따라 안경을 벗는다. 우리는 맨얼굴로 서로를 바라본다. 안경에 가려져 보이지 않던 오른눈 아래의 눈물점과 그 밑에 사선으로 난 흉터가 눈에 들어온다. 그동안 나는 안경으로 점을 숨기고 흉터를 가려왔다. 안경을 쓸 땐 세상이 조금 더 선명하게 보였지만, 안경을 씀으로써 불명해지는 것들이 있었다. 얼굴에 찍힌 눈물점은 언제부터 진해졌을까. 얼굴에 새겨진 낙인은 언제부터 희미해졌을까. 안경이란 커튼을 걷자 구름 뒤에 숨어있던 해가 드러난다. 시선을 눈물점으로 옮긴다. 옅은 갈색의 둥근 점…. 그늘에 가려진 그림자가 보인다.

내 몸엔 점이 많다. 팔뚝엔 살갗을 뜯으면서 점점 커진 점이 있고, 손목엔 북두칠성을 연상케 하는 국자 모양으로 흩어진 점들이 있다. 그들에게 붙여진 특별한 이름은 없지만, 오른쪽 다크서클 위에 자리 잡은 점은 눈 밑에 있다는 이유만으로 눈물점이라 불렸다. 어떤 대상은 명명됨으로써 의미를 얻는다. 눈물점이 있다는 사실을 깨달은 건 최근의 일이었다. 북페어에 참여하면 이따금 일러스트 작가들에게 캐리커처를 부탁드리곤 했다. 그때마다 그들은 화룡점정으로 눈물점을 찍어주었다. 그 점이 없으면 내가 아니라는 듯이. 수많은 점 중의 하나라고 생각했던 눈물점은 나의 중요한 단서가 되었다. 눈물점을 인식하고부터였을까, 나는 이전보다 많은 눈물을 흘렸다.

눈물은 점을 타고 흘러, 작은 웅덩이에 잠시 머문다. 사선으로 움푹 팬 손톱자국. 누군가 나의 얼굴을 긁어서 생긴 찰과상이다. 한 번은 엄마에게 내게 왜 이런 상처가 생겼는지 물었다. 내가 두세 살이었을 무렵, 엄마는 어린 나를 포대기에 싸서 등에 업고 버스를 탔다. 손잡이를 잡고 서 있는데 마침 그 옆엔 나와 같이 엄마 등에서 세상을 바라보던 아이가 있었다고 했다. 보이는 건 무엇이든 집는 아이의 습성을 조심해야 했을 텐데, 등에 눈이 달리지 않은 엄마는 아이들이 서로를 향해 손을 뻗는다는 걸 알지 못했고, 그사이 다른 아이는 나의 얼굴을 할퀴었다. 하필이면 아이의 손톱은 얇아서 더욱 날카로웠고, 아이의 피부는 연약해서 쉽게 파였다. 나의 얼굴엔 누군가 남긴 평생의 흔적이 있다. 이따금 흉터를 매만지며 얼굴을 할퀸 그이가 아직 나의 살갗을 손톱 속에 간직하고 있을까 상상한다. 그의 기억 여부와는 관계없이 내게는 작지만 아주 선명한 자국이 남아있다. 다시 안경을 쓰고 나를 본다. 안경알 안으로 눈물점이 쏙 들어오고 안경테로 흉터가 가려진다. 나도 모르는 사이 안경과 한 몸이 된 건, 앞을 바라보기 위함도 있지만 나를 가리기 위함도 있었다.

나에겐 앞머리를 쓸어 올리는 버릇이 있다. 어느 술자리에서 그 모습을 보던 친구는 내게 예쁘지도 않은 이마를 왜 자꾸 보여주냐고, 앞머리 좀 그만 넘기라며 핀잔을 줬다. 탈모 유전자는 한 세대를 건너온다는 말이 애석하게도 우리 집안은 삼대의 이마가 모두 넓다. 어린 시절 대갈장군이라 불릴 만큼 체격에 비해 머리가 컸고, 그 머리에서 가장 큰 비중을 차지하는 부위는 단연 이마였다. 몬테소리 유치원 졸업식 사진을 보면 이목구비와 이마가 일대일 비율이었으니 내 이마가 언제부터 넓었는지, 얼마나 넓은지는 묻고 따질 필요가 없다. 안 그래도 너른 이마는 나이가 들수록, 음주를 시작하고 때아닌 우울과 격동의 시간을 겪으면서 공허해지는 마음만큼 함께 허전해졌다. 샤워를 하고 머리를 말릴 때 '어? 그새 이마가 또 넓어졌네?' 하고 혼

잣말하는 순간이 많아졌으니, 나의 노화는 이마로 집중된 게 아닐까 내심 걱정하기도 했다. 공을 차도 될 만큼 드넓은 이마를 앞머리로 숨기진 못할망정 그 여백을 자주 드러내는 내게 친구는 술잔을 내려놓으며 끝내 한 마디를 건넨 것이었다. 그의 장난스러운 구박에 기분이 나쁘지 않았지만, 며칠 뒤 러닝을 하고 땀에 젖은 앞머리를 쓸어 올렸을 때 불현듯 그의 발언이 떠올랐다. 나는 그 말이 내심 섭섭했던 것이다. 얼굴의 반 가까이를 드러내 보이는 건 당신을 믿는다는 무언의 표시였으니 말이다. 그 이후론 눈썹을 가릴 정도로 앞머리를 내린 채 지내고 있다. 이마에 땀이 맺혀도 앞머리를 들추지 않고 손수건으로 조심스레 닦아낸다. 내겐 공허한 마음을 들키는 것보다 허전한 이마를 내놓는 게 더 두려운 일이다.

안경 뒤로 점점 진해지는 눈물점과 흐려지지만 사라지지 않는 상처, 조용히 넓어지는 이마. 거울 속에 비친 서른의 얼굴엔 가려지고 드러난 것들이 서려 있었다. 나는 세상에 나올 때부터 빈 사람이었고, 이미 파인 사람이었다. 이제는 그 공허를 채우기 위해 자주 눈물을 보이는 사람이 되었다. 불안하고 피곤한 마음을 안경 안으로 감추고, 길게 내린 앞머리로 이마를 숨긴 채 미소를 짓는다. 거울 속의 내가 따라 웃는다. 동시에 미소 짓는 모습에 누가 먼저 웃는 건지 분간이 되질 않는다. 아무렴, 누가 먼저 웃는 게 중요한가.

나는 한쪽 입꼬리를 올리고, 반쯤 가리어진 얼굴로 생을 살아가고 있다.

"나는 세상에 나올 때부터 빈 사람이었고,

이미 파인 사람이었다.

이제는 그 공허를 채우기 위해

자주 눈물을 보이는 사람이 되었다."

나가며

당신의 얼굴을 사랑하나요?

열일곱 명의 자신의 얼굴에 대한 이야기를 들었습니다. 이들은 모두 각자의 다른 얼굴에 대해 각자 다른 이야기를 다른 방식으로 합니다.

이 책을 집어들고, 끝까지 읽어내고, 덮으려는 이 순간 당신에게 묻고 싶습니다.

"당신의 얼굴을 사랑하나요?"

"당신의 얼굴에는 어떤 이야기가 있나요?"

거울 앞에 가만히 서서 당신의 얼굴을 관찰한 적 있나요? 아마 가만히 거울을 마주 보고 있을수록 점점 더 이상한 기분이 들 거라 저는 생각합니다. 이상하기도 하고 사랑하고 싶지 않아도 사랑할 수밖에 없는 그런 우리의 얼굴. 그래서 얼굴이란 참 이상하고도 재미있는 이야깃거리라는 생각을 했습니다.

이 한 권의 다양한 얼굴 이야기가 당신의 얼굴에 대한 이야기를 떠올릴 수 있는 기회이자 매개가 되길 바랍니다.

현경 드림

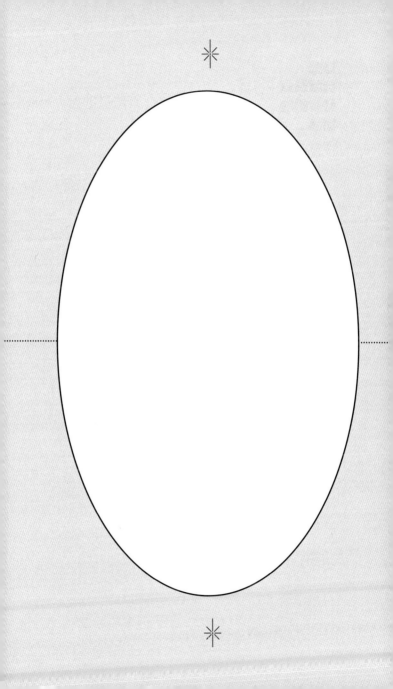

나의
이상하고
사랑하는
얼굴

글

강원, 곽민지, 구달, 김철홍, 김택수, 김현경, 박이선, 박철현, 서아현, 송재은, 이보람, 이승용, 이준식, 이택민, 정형화, 차영남, 홍성하

초판 1쇄 펴냄 **2023년 10월 23일**

기획 **김현경, 송재은**
편집 **송재은**
디자인 **김현경**

펴낸곳 **warm gray and blue**
이메일 **warmgrayandblue@gmail.com**
인스타그램 **@warmgrayandblue**
출판 등록 **2017년 9월 25일 제 2017-000036호**

ISBN **979-11-91514-25-4(03810)**

* 이 책의 폰트는 산돌에서 제공 받았습니다.
* 이 책의 내용의 전부 또는 일부를 재사용 하려면
펴낸 곳을 통한 저작자의 동의를 받아야 합니다.